WILDER BOYS

荒野男孩

探险小说系列

1

YUANLI JIAXIANG

远离家乡

[美] 布兰登·华莱士 著
任梦 译

GUANGXI NORMAL UNIVERSITY PRESS
广西师范大学出版社
·桂林·

出版统筹：施东毅
品牌总监：耿　磊
选题策划：陈显英
责任编辑：李茂军
助理编辑：韩杰文
美术编辑：卜翠红
版权联络：郭晓晨
营销编辑：杜文心　钟小文
责任技编：李春林

著作权合同登记号桂图登字：20-2018-026 号

图书在版编目（CIP）数据

荒野男孩探险小说系列．1，远离家乡 /（美）布兰登・华莱士著；任梦译．—桂林：广西师范大学出版社，2018.10
书名原文: Wilder Boys
ISBN 978-7-5598-1206-3

Ⅰ．①荒…　Ⅱ．①布…②任…　Ⅲ．①儿童小说－中篇小说－美国－现代　Ⅳ．①I712.84

中国版本图书馆 CIP 数据核字（2018）第 219152 号

广西师范大学出版社出版发行
（广西桂林市五里店路 9 号　邮政编码：541004
网址：http://www.bbtpress.com）
出版人：张艺兵
全国新华书店经销
广西广大印务有限责任公司印刷
（桂林市临桂区秧塘工业园西城大道北侧广西师范大学出版社集团有限公司创意产业园内　邮政编码：541100）
开本：880 mm × 1 240 mm　1/32
印张：4.75　　字数：88 千字
2018 年 10 月第 1 版　　2018 年 10 月第 1 次印刷
印数：0 001~6 000 册　　定价：25.00 元

译序

儿时记忆中的老房子背后有一座几十米高的山，山上密布着品种不一的参天大树，夏日行走其中，一缕阳光也晒不到。上山下山只有一条小路，路旁长满了无论那时还是现在都叫不出名字的花草。翻译“荒野男孩探险小说”系列时，儿时记忆中的那座山，树荫下的山间小路，路边花草中野蜂飞舞的画面屡屡浮现在脑海里。

每一个人在儿时应该都有一个想要去冒险的念头。这个念头或许带有一丝孩童的淘气，可却是每个孩子纯净心灵的真实表现。这个冒险不一定要像书中的杰克与泰勒那样横穿大半个国家，身居荒野之中，甚至屡次让自己身处险境。这个冒险可以很简单，简单到放学独自步行回家一次，简单到与三五个玩伴在小山上捡松果，简单到鼓起勇气摸一摸自己一直不敢靠近的小狗。

孩子们心中的冒险，并不是要搞出什么惊天动地的大事，更多地，其实是想要用自己的眼睛去看，用自己的耳朵去听，用自己的双脚去丈量，用自己的内心去感受。纵使孩子们可以从长辈的口中了解这个世界，可以通过互联网看遍天下风景，可又有什么能比得上自己身处其中、用心感受来得真切呢?

当然了，在冒险的过程中难免磕磕绊绊，不可能一帆风顺，不然“险”从何来呢? 每一次冒险都会有害怕，会经历担忧，甚至可能会受伤，可是这些都不能阻挡想要去冒险的孩子们。也许是因为初生牛犊不怕虎，可能回过头去想也会觉得心惊胆战；也许是因为要在小伙伴面前强装镇定，可能独自一人或回到父母身边后也会号啕大哭；可是在冒险中每个孩子都是那么坚强、那么无畏，正如书中的杰克与泰勒一样。

从初踏旅途的恐惧不安，到旅途后期的冷静稳重，两兄弟不仅走完了这趟冒险的旅程，更是体验了一段不同寻常的成长历程。其实，杰克与泰勒的冒险已经远远不是小打小闹的冒险了：横穿大半个美国，住在荒野中的小木屋里，自己扛枪打猎……随便挑出一项来，别说孩子了，即便换个成年人，也未必能够坚持下去。可是，他们俩就做到了。一路走来，无论遇到什么问题，两个孩子始终互相鼓励，灵活运用自己从书中、从长辈那儿学到的知识，克服了一个又一个困难。同时，他们又互相照顾，身为哥哥的杰克时刻想着要保护好弟弟，身为弟弟的泰勒又总是希望能够帮助哥哥分担一些烦恼。

这不就是最好的成长历程吗？这不就是我们对孩子们的期望吗？在面对问题时，孩子们能够迎难而上，互相鼓励、支持，彼此关心、照顾，最终一起解决问题，向着更美好的远方走去。如此想来，那么渴求冒险的孩子们，不也正是在渴求成长吗？

从第一部到第四部，译者见证了杰克与泰勒的成长。这一路上，有过艳阳高照，也有过阴霾暴雪；有过欢声笑语，也有过伤心流泪；有过顺风顺水，也有过祸不单行。就如同我们每一个人的成长一样，喜怒哀乐终究都是要体验的，缺少了其中哪一样的真切感受，人生似乎都是不完整的。希望读到本书的每一位读者都能勇敢地踏上人生的冒险旅程，用自己的眼睛去欣赏沿途的风景，用自己的内心去感受身处的世界，不惧艰险，享受成长。

本书翻译完成时，已经跨入了戊戌狗年。说来也巧，书中杰克与泰勒最忠诚的伙伴——科迪就是一条杰克罗素梗。在狗年完成这本译作，想来也是冥冥之中的一种缘分。这本译作就如同译者的孩子一般，而现在，这个孩子将走出家门，踏上冒险的旅程。途中，她一定会遇上包括你们在内的形形色色的人，她会给你们带去欢乐，但她肯定也会淘气地惹你们生气，希望你们能够给她以温柔、包容和帮助。

最后，感谢广西师范大学出版社每一位为“荒野男孩探险小说”系列的出版而努力的员工。谢谢你们，正是你们的辛勤工作，让杰克与泰勒的故事化为一个个铅字，送入更多读者的手中。

刘思捷

2018年3月9日

目 录

第一章

一辆脏兮兮的校车泥水四溅地驶过路面上浑浊的雨水洼，吭哧吭哧地缓缓停住。杰克和弟弟泰勒迫不及待地从座位上一跃而起。

“明天是上学的最后一天了。”泰勒走到门口，对司机咧嘴一笑，“没有了我们，你该怎么办呢？”

波纳赤先生咕哝道：“我可以好好地清静清静了，就这么办！”

“噢，承认吧，”泰勒说，“你会想念我们的，不是吗？”

“说得像是我有多想念你们这群熊孩子给我弄出一堆烂摊子似的。”

杰克从后面推了泰勒一下：“别闹了，泰勒。你在耽误别人的时间呢。”

泰勒哈哈一笑，跳下了车：“明天见，波纳赤先生！别忘了带着你的烂摊子！”

杰克也蹦了下来，落在泰勒身旁的砾石路上：“泰勒，你真的知道什么是烂摊子吗？”

泰勒抓了抓浅褐色的鬈发，抬起头看着杰克。今年十三岁的杰克仅比弟弟年长两岁，却并不妨碍他说话、做事有时像个无所不知的成年人。然而，还没等泰勒回答，两个男孩就听见了一声高亢的犬吠，然后看见一道棕白色的闪电向他们奔来。

“科迪！”泰勒大声喊着蹲了下来，让这只杰克罗素梗跳进他的怀里，“我们的小家伙过得还好吗？”

这只小狗在泰勒的怀里开心地扭来扭去，蹭得他满脸都是口水。

杰克笑了起来：“它可真准时啊！”科迪绕着两个孩子的腿左右蹦跶着，仿佛他俩已经离开家一年多了，而不是仅仅几个小时。它似乎总能知道孩子们放学回家的确切时间。

和往常一样，兄弟俩带上科迪，沿着一条小路拐进了社区，晃晃悠悠地走着回家见妈妈。泰勒在坑坑洼洼、积了雨水的路面上开心地跳来跳去，还抬脚将一块石头踢中了一个旧得油漆都已脱落的黄色消防栓，那个东西已经完全被杂草包围了。

“真不敢相信，过了明天，我们就放假了！”泰勒感叹道，“哎呀呀，我都等不及了。很快就可以睡懒觉、打棒球、忘记有家庭作业那回事儿了。嘿！说不定我们还可以去钓鱼呢。”

杰克睁大眼睛瞪着他：“钓鱼？”

“怎么了？爸爸不是教过你吗？我是说，在他离开以前。”

“也对，多少算教过一点儿，但我们没有装备啊。”

“可以去弄啊。”

“怎么弄？你有钱买渔具吗？”

“也许布尔可以买给我们。”

“得了吧，泰勒，”杰克气呼呼地说，声音像从车站货运场一路沿着河边嘶吼着的火车汽笛声，“还记得上次布尔给我们买东西是什么时候吗？”

泰勒耸耸肩：“我只是随便想想。”

杰克什么都没说。事实上，一想到暑假，他的胃里就像装满了小石子儿。即便他上的是一所没评上五星级别的学校，杰克也喜欢每天都去。他经常趁着午餐时间，在图书馆里如饥似渴地看书。他一般在动作与冒险故事区徘徊，但也会看其他的。学校是唯一让他不必担心妈妈和她的神经质男友布尔的地方。

“嘿！”泰勒的声音让他回过神，“快看呀！”

杰克停下脚步，拨开挡住前额的黑发，朝泰勒所指的方向看了过去。有一只鲜艳的黄黑色飞鸟正栖息在一根电话线上，离他们站着的地方不到十米。

“哇，你见过那样的鸟吗？”

“没见过。”杰克回答。小区周围能看见的只有乌鸦、鸽子和麻雀，这些鸟他都认识，却从来没见过有哪只鸟这样艳丽。“也许可以在妈妈给我们的书里找到。”他说，“等我们到家了，可以看看。”

快走到社区教堂时，他们看见一辆黑白相间的警车正停在路边。杰克认识那个高大熟悉的身影，是格拉索警官。

“嘿，格拉索警官！”泰勒大喊，“今天你抓到了几个坏家伙？”

格拉索警官咧嘴一笑：“没抓到几个，照旧呗。你们两个小不点儿还好吗？再过一天就要放假了，对吗？早盼着过暑假了吧？”

泰勒做了个兴奋的鬼脸：“你说得对。”

杰克只是点了点头。他和弟弟都很喜欢这位警官。每个星期都有一到两次，格拉索警官会把警车停在这里，然后嘴里咬着根牙签，跟放学的孩子们打招呼。这个社区因治安好而出名，犯罪案件不多，但这位警官知道，人们看见身边有警察转悠，会觉得更安全。

“你们放假了想干什么？”格拉索警官问道。

“我们刚才还在说呢。”泰勒道，“我要去打棒球，还有，我和杰克要去钓鱼。”

“钓鱼吗？好主意。我记得小时候周围有几条河从工厂流过，那河水实在太脏了，我们都不敢上河边去。但现在，听说大家都在河里比赛捞鲈鱼呢。”

趁泰勒扔出一根小木棍逗科迪的时候，格拉索警官压低了声音，转头问杰克：“小家伙，最近看见布尔了吗？”

“哦，他一直都在呢。”杰克回答，“怎么了？”

虽然格拉索警官问得很自然，但杰克还是听出了一点儿异样。遇上这样的情况，杰克不得不小心翼翼。事实上，他很怕布尔，却不能让别人知道，至少不能让警察知道。尽管杰克最想看到的就是妈妈的男友被扔进监狱，但他也很清楚，自己一步都不能走错，因为布尔会找他寻仇。更糟糕的是，布尔还会去找泰勒，甚至他们的妈妈。

格拉索警官耸了耸肩，说：“哦，没什么大不了的，真的。只是个，嗯，小意外，就在昨天晚上，离这儿不太远。我想，可能布尔会知道点儿情况。”

“也许就是他干的呢！”杰克心想。

“有人受伤吗？”

格拉索警官取下帽子，用手抓了抓那头浓密的金发，又把帽子戴上。“这次没有。”

“说起来，昨晚布尔和我们都在家。”杰克撒了个谎，“我可不信他知道什么情况。”

没等格拉索警官问起别的事，杰克又急忙说：“我们得回家了，妈妈还等着呢。”

格拉索警官似乎有些怀疑，但还是让孩子们离开了。“那好吧，你们注意安全。”

“你也一样。”杰克说，他沿着小路继续走了下去，“泰勒、科迪，快跟上。”

杰克心里有些犯怵。他虽然讨厌对格拉索警官撒谎，但只要关系到布尔，他就不能有任何冒失。他必须保证家人的安全。自从爸爸走后，在过去七年里，他和泰勒一直生活在这个社区里。这里虽然不是公寓楼住宅，却也是个邻里关系非常密切的地方。流言蜚语很快就会传开。这个片区宽约四条街区，长约十条街区，区内有一排排带护墙板的简简单单的房屋，这种房子曾经盛极一时。然而，对于杰克和泰勒来说，这并没有多么重要，房屋只是他们的家。

又走过几栋住宅，两个男孩来到一栋桃红色的房屋前面，这里是桑切斯太太住的地方。同每年的这个时候一样，桑切斯太太正在前院里忙碌，照顾她的小菜园子。

“嗨，桑切斯太太。”杰克跟她打了个招呼。

她直起背来，由于关节酸痛，有些龇牙咧嘴：“哦，小家伙们，你们好啊！”

泰勒和科迪立刻朝她奔了过去，泰勒问：“长出什么了？”

“你是说，除了你那个抽条儿似的长高的哥哥之外吗？”桑切斯太太冲着杰克打趣地笑了笑，杰克的个子看上去比实际年龄确实高了许多，“那好吧，没错儿，确实长出了一点儿东西。”桑切斯太太指了指地里刚冒出来的几片肥嫩的叶子。

“太酷了！这是什么？”泰勒问。

“不记得了吗？我去年给你看过，”桑切斯太太说，

“来猜猜。”

“嗯，是胡萝卜吗？”

“不对。你说呢，杰克？”

“这个……”杰克想起以前见过，知道答案就在大脑里的什么地方。终于，他开口问道：“这是笋瓜吗？”

桑切斯太太露出了笑容：“太棒了，就是笋瓜。那我把第一个长熟了的送给你吧！”

“哎呀呀。”泰勒沮丧地哀叹起来。

杰克捶捶他的肩膀：“如果你不这么长吁短叹的，也许我可以分给你点儿。”

桑切斯太太笑了起来，又问道：“杰克，你妈妈还好吗？”

“好极了。”泰勒抢着回答，“每天都是好天气，这让她感觉又跟从前一样了。”

杰克知道，这话并不全对，但去反驳也没多大意思。

桑切斯太太点点头：“那好吧，有需要我的地方，只管来告诉我。”

“谢谢！”

在这条街快走到尽头时，两个孩子看见了自己的家——那是一栋有桑切斯太太家两倍那么大的屋子。但不幸的是也比她家破旧两倍——至少从他们的妈妈生病开始就变成了这样。房屋外墙的木条上，白油漆像死皮一样脱落了，木栅栏也一根根地倒了下来。布尔每年都说一定要把栅栏修好，再给屋子重新刷刷油漆，但他的话大多都不靠谱，这句话更是从来没有兑现过。

“也许今年夏天我可以自己来干。”杰克一边想，一边拉开纱门，走进屋子。

孩子们把书包扔在地板上，踮起脚尖溜进房里去看妈妈。她那间房拉上了布满灰尘的黄色百叶窗。尽管房间里光线昏暗，杰克还是能看见躺在床上的妈妈，能听到她艰难的呼吸声。床头柜上搁着十几个橘红色的药瓶，有一半瓶口都是敞着的。

他俩的妈妈珍妮弗一直没有告诉孩子们自己的病情，但杰克无意中听到过“抑郁”和“焦虑”这样的字眼儿。这一切都是从四年前开始的，大概就是布尔刚来的时候。此后，她的身体便每况愈下。起初，她不得不辞去银行的工作，后来就再也不能外出了。去年一年，大部分时间她都躺在床上。

杰克曾无数次想过，如果爸爸阿贝·怀尔德一直在身边的话，他们的生活将会多么不同。曾经无数次，怒火在他胸中燃烧。如果爸爸不那么自私，布尔就不会出现在他们的生活中。尤其是，他们的妈妈可能就不会病倒。

“来吧，”泰勒说，“我们去瞧瞧有没有吃的。”

杰克消了气，跟着弟弟走出房间，来到厨房里。泰勒一把拽开冰箱的门：“哇，快看！”

往常冰箱里总是空空的，只有布尔的啤酒，也许还有个半空的番茄酱瓶子。但今天，有一包新鲜的热狗就放在中间那层架子上。

“看来，布尔这次终于用妈妈的食品券买了些真正可以吃的东西。”杰克说。

“是我先看到的！”

泰勒抓起热狗袋，一把撕开，拿出冷冰冰的热狗塞入嘴里，又给科迪扔了一根。

忽然，孩子们听见房屋的前门打开了，接着传来一连串沉重的脚步声。没过一会儿，妈妈的男友那张胡子拉碴的脸出现在了厨房门口。杰克的心不由得咯噔一沉，他看见布尔那双灰色的眼睛朝他看了过来。

“嘿，布尔，”泰勒说，“谢谢你给我们买了——”

布尔气歪了脸。“瞧你们都干了什么好事？那包热狗可不是给你们买的，更不是给这条狗买的！”

布尔一脚朝科迪踢了过去，但小狗灵巧地跃到一旁，躲过了身前这个又矮又壮、胸膛似酒桶般饱满结实的大汉的脚。

“别动它！”泰勒大喊，“它没做什么招惹你的事！”

“它在吃我的食物！”

“泰勒——”杰克说话了。他想安抚一下弟弟，因为他知道，泰勒一旦失控，就谁也拉不住了，但和布尔打起架来只会有一种结果。

“可是这些吃的都是用我妈妈的钱买的！”泰勒冲着布尔大喊，“科迪可以想吃多少就吃多少！”

“你最好管住你的嘴。”布尔咆哮着直逼上前。

然而，泰勒没有退缩，恰恰相反，他挺起胸膛，抬头瞪着布尔，一双绿色的眼睛灼灼发亮。“怎么了？你和我们根本连家人都算不上！如果爸爸在的话，他一脚就把你给踹出去了！”

布尔已经气得满脸通红，额头上青筋暴起，直没入向后梳得光溜溜的头发里面。“真走运啊，我不是你们的爸爸。那个没用的废物，而且还是个疯子！什么样的人才会抛弃两个孩子和生了病的妻子，一心要去追求什么乱七八糟的白日梦？！”

“你来之前，她没有生病！”泰勒顶了回去，“是你让她病倒了。你还把我恶心到了。你只会坑蒙拐骗和——”

布尔又向前逼近了几步：“你胡说八道——”

布尔抬手就要揍泰勒，那只健壮的、汗涔涔的胳膊特别娴熟地挥动起来。

“住手！”杰克吼了一声，他纵身一跃挡在了布尔挥来的拳头前面。这一拳狠狠地打在了杰克的脸上，把他掀翻在地。科迪开始汪汪乱吠。杰克虽然眼冒金星，但还是挣扎着站了起来，他怕布尔仍要去揍泰勒。但布尔并没有再动手，他只是对着两个孩子一通嘶吼。

“你们两个偷东西的坏蛋。要不是为了你们的……”

布尔没有把这句话说完。他转身狂风般席卷而去，走时撞烂了门口的那扇纱门。

第二章

科迪呜呜叫着奔过去，在杰克的脸颊上舔了又舔。那里多了一块红印，刺眼地衬着他那双深蓝色的眼睛。他的黑发都横贴在了脸上。

“你没事吧？”泰勒一边问一边把哥哥扶了起来，“你刚才不需要那么做的，科迪和我可以对付他。”

杰克懒得说话，只是把头发往后一捋，眼睛定定地看着泰勒。虽然泰勒刚才很勇猛，但两兄弟都不是布尔的对手——杰克也许看起来比实际年龄大一些，但他只有十三岁。

“我没事。”杰克咕哝着，但对于不得不忍受布尔这样的暴徒，他心里产生了一种太过熟悉的既愤怒又无助的感觉。“来吧，”他招呼了一声，想换个话题，“让我们查查之前看到的那只鸟。”

泰勒拾起那包热狗，又塞了一根到嘴里。然后，他把热狗袋递给了哥哥，问道：“你要来一根吗？”

杰克忍不住咧嘴一笑：“也行。反正我的脸已经付过账了。”

泰勒哈哈大笑，递了一根冰冷的猪肉热狗给杰克，然后，又扔了一根给科迪。

回到他们的房间后，杰克找出那本介绍鸟类的书，拿给了弟弟。这本书是之前圣诞节时妈妈送给他们的礼物，如今书页都被翻得卷了角，书里有些段落还用荧光笔画了出来。

“要找哪个种类的鸟？”泰勒一边问一边扑倒在了床上。

杰克想了想。尽管去年妈妈想方设法送他们去参加了夏令营，而且一位辅导员还带着他们做过几次鸟类观察，但辨认鸟的种类时，他还是一直会弄混。“我也不太清楚，”他告诉泰勒，“查查莺类或雀类吧。”

在泰勒和科迪翻书时，杰克的眼睛落在了爸爸那本旧日记上。他把日记从书架上抽了下来，然后坐到自己的床上，开始翻阅。

一想到爸爸，他总是很生气，然而，他对这本日记的珍视却胜过他和泰勒拥有过的任何东西。他们的双手已经把这本日记的皮封面磨得光溜溜的了，但日记里宝贵的内容却一直完好无缺。这本日记中写了一大堆奇怪的内容：爸爸小时候穿越怀俄明州的笔记；宾夕法尼亚州各种鸟类、爬虫和哺乳动物的素描；还有一些关于狩猎和钓鱼的指导建议；一段关于西部地区药用植物的记载。更重要的是，这本日记里装着他们的爸爸寻找心中那片乌托邦的梦想，那是一个他和家人可以靠大自然生存下来的地方。显然，他们的爸爸曾经一直痴迷于找到这个完美的所在。

“我想，我找到那只鸟了！”泰勒说。

“是什么鸟？”杰克走到弟弟的床边。他把爸爸的日记放下，看了看泰勒指着的地方。“美洲金翅雀，是吗？”

“没错，我想我们看见的是一只公金翅雀。”泰勒说。

杰克拿过这本书，快速地翻阅了一遍莺鸟部分。然后，他又翻回金翅雀那一页。书里那张图片上的鸟和他们之前看见的那只鸟长着一模一样的黄色与黑色的羽毛。他微微一笑：“我想你找的没错。我之前一直以为自己认识周围所有的鸟呢！”

泰勒咧嘴一笑，然而这个笑容在他看见爸爸的日记的一刹那消失了。

“杰克？”

“怎么了？”

“你说爸爸真的疯了吗？像布尔说的那样吗？”

杰克把鸟类百科放下，沉默了一会儿。有时候，他也很想知道，他们的爸爸是不是真的疯了。但大多数时候，他觉得爸爸只不过是有些自私罢了。

什么东西能让他那样决绝地离开自己的家人呢？

“不，”他告诉泰勒，“我觉得爸爸并没有疯。我想，他只是有自己的想法，无法放弃吧。”

“你是说去西部‘靠大自然生活’吗？”

杰克点点头。

“但他为什么不带上我们呢，杰克？为什么他一定要独自离开呢？”

杰克在他身边坐下，耸了耸肩：“我不知道，泰勒。”

这时，他们听见有人在门上拍了拍。

泰勒起身开门。妈妈珍妮弗就站在门外，正倚靠着门框来支撑自己的身体。

“我的孩子们原来在这儿呢。”她的嘴角露出一个虚弱无力的笑容。

“妈妈！”泰勒扑过去抱住了她。

“我可以坐坐吗？”她问。

杰克迅速把爸爸的日记塞到泰勒的枕头下面，然后站起来扶着妈妈走到弟弟的床边。孩子们在妈妈的身边坐下，科迪也跳了上来，转了两圈，然后趴下，把头枕在珍妮弗的膝盖上。“来说说，”她摸了摸小狗的脑袋问，“放假前倒数第二天的课上得怎么样？”

“太棒了，”泰勒说，“没有家庭作业！”

妈妈和杰克都笑了起来。

“我从图书馆额外借了几本书。”杰克告诉她。

“他们不能一直让图书馆开着门，真是太糟——”珍妮弗才说完半句就忽然停住了，她伸手摸了摸杰克脸上的红印子。尽管病容憔悴，担忧的神色还是侵蚀了她的脸。

“你怎么了，孩子？”

“他——”泰勒正要说，却被杰克打断了。

“我在学校撞到一根金属杆子了。”

珍妮弗也许患有抑郁症，却并不愚蠢。“是谁干的，杰克？”

“那个，我和别人拌了几句嘴。当时我的脸刚好挡住了他的手。”

珍妮弗的手耷拉下来，她的身体似乎一下子蔫了。

“没什么的。”杰克立刻安慰起她来。他伸出一条手臂，抱住她的背，让她的身体有所依靠。

珍妮弗并没有回应，只是喘息着，全身颤抖。终于，她开口说道：“答应我，孩子们……你们要尽量乖一些。还有，答应我，你们要和布尔好好相处。”

“但这是为什么？大家都知道，布尔一无是处！”杰克顶了一句。

珍妮弗定定地看着杰克的眼睛。“他现在是我们唯一可以依靠的人。”她柔弱地回答，“还能有个男人在这儿，完全是我们运气好。”

“为什么？那他就可以随便花你的救济金，用你的食品券来给他的朋友买比萨了吗？”

珍妮弗低下了头：“不，不是那个意思。”

“那是为了什么？”泰勒问。

“因为，”他们的妈妈回答，“我们身边没有其他人了。”

“但我们并不需要其他人。”泰勒固执地说，“你、我和杰克，我们自己就能过得很好。我和杰克可以照顾你，直到你的身体好起来。”

珍妮弗勉强露出了一个笑容，然后在小儿子的头顶亲吻了一下，又摸了摸他的鬈发：“我知道你们可以，但是……”

“但是什么？”

杰克猜到了妈妈在想什么——也许她会病得更重之类的——但他不敢说出来。于是，他只好说：“你该回床上休息了，妈妈。来吧，泰勒，帮我一把。”

这次短暂的聊天显然耗尽了妈妈所有的精力。孩子们把她送回了卧室，让她在床上安稳地躺下。她接着让孩子们上床来和她依偎一会儿。

“好的！”泰勒兴奋地回答。他爬上床，依偎在妈妈脚边，而杰克坐在了妈妈的枕头旁。杰克低头打量着妈妈，他不敢相信在过去几年中她竟变得如此瘦弱、如此苍白。他强忍着，却无法摆脱心中感觉到的那种忧伤——也许是担心她会病得更重吧。

“再给我们说说爸爸的事吧，好吗？”泰勒问了起来。

杰克看见妈妈咬住了嘴唇，但她还是讲了起来：“你们的爸爸很疼爱你们。”

“真希望我还能记得他的样子。”

“你们的爸爸是个好人……大多数时候是这样的，”珍妮弗说，“关于动物和大自然，他无所不知。他能做到所有他下定决心要做的事。”

“那他为什么要离开呢？”

珍妮弗深吸了一口气：“他是个梦想家，谋得安稳的生活对他来说还不够。他一直有远大的理想，当身边的人让他离开时……”

“他就抓住机会去荒野中生活了。”杰克帮着妈妈说完了这句话。

“是的。”

“那就是他离开的原因吗？”泰勒不依不饶。

珍妮弗点点头。

“他不想让我们和他一起去吗？”

杰克看见妈妈又咬起了嘴唇：“他……”

“他什么？”泰勒问。

珍妮弗沉默了一会儿，这场对话显然对她造成了伤害。这时，她忽然说道：“孩子们……我想给你们看样东西。”

杰克和泰勒看了看彼此，一脸茫然。

“杰克，去衣橱里我的大衣后面看看。”

杰克起身，走到了衣橱前。

“在毛衣下面，你可以看见一个盒子。拿过来给我吧。”

杰克翻起几件旧毛衣，惊讶地找到了一个褪了色的橘红色鞋盒。他把盒子从毛衣底下抽出来，交给了妈妈。

“那是什么？”泰勒问。

珍妮弗缓缓地坐起身子。杰克迅速把几个枕头堆在她身后，让她可以靠着。

“阿贝，也就是你们的爸爸，刚去西部的时候，他……想要我们跟他一块儿去。”

杰克和泰勒吃惊地睁大了眼睛，看着彼此。

“他给我写了很多信，”珍妮弗继续说着，“恳求我带你们一起去怀俄明州。”

“为什么我们没去呢？”杰克问。

珍妮弗咬紧了牙关。“也许我应该去的，”她说，“我只是不知道，对于你们，这样做对不对。”

“怎么会不对呢？”泰勒穷追不舍地问，声音有些焦急，“怀俄明州可能会很棒呀！”

“嘘，泰勒。”杰克说。

珍妮弗继续说：“你们的爸爸，在那儿并没有找到什么工作。他一直四处搬家。我不知道那样要怎么送你们上学，甚至不知道我们能不能生存下来。有好几次，我差点儿就给你们买了车票，但我后来病了。事情从此就成了定局。”

他们沉默了好一会儿。泰勒愣愣地摇着头。杰克不可思议地睁大了眼睛，终于，他开口问道：“盒子里装着什么？”

珍妮弗拍了拍那个橘红色的鞋盒，说：“这些都是他写给我的信。你们应该看看。也许这些信可以回答一些你们想问的问题。”

“但你为什么现在告诉我们呢？”泰勒问。

珍妮弗的身体似乎又蔫了下去。“我想是时候了吧……孩子们，我累了。我需要睡一会儿。”

杰克帮着妈妈重新躺好，泰勒则帮妈妈盖好了被子。

“谢谢，”珍妮弗虚弱地说，“我爱你们。”

“我们也爱你，妈妈。”泰勒说。

杰克张开嘴，还想说些什么，但是妈妈的眼睛已经合上了。

“走吧，泰勒。我们让妈妈好好休息。”杰克小声说。

他溜下床，脚刚踏上地板，就感觉踩在了什么滑溜溜的东西上。他低头一看，发现一块地板被挪动了。

“真是好极了。”他心想，“又多了一样得去修的东西了。”

他正要俯身去重新铺好这块地板时，忽然发现下面有个洞。

“你在做什么？”泰勒把橘红色的鞋盒放在了地板上。

“这块地板下面是空的。”杰克小声说。

“真的？里面有东西吗？”

“不知道呢。”

杰克跪了下来，把手伸进洞里。他拿出一包东西，很重，裹在一件旧T恤里。他摸了摸被包裹在里面的东西的形状，然后，一边打开包裹，一边希望这不是他心里想的那样东西。但他基本上猜对了。

“一把枪！”泰勒喊了起来，伸手便去拿。

“别闹了，泰勒。”杰克嘘了一声，立刻将这把武器从弟弟面前拿开。

“让我看看吧！”

“不行！”杰克并不是很懂枪械，但他非常清楚，枪会带来麻烦。

“那是一把六发左轮手枪吗？”泰勒问。

杰克研究了一下这把武器。这肯定是一把左轮手枪之类的，因为有个棕色的塑料枪柄。杰克看见那根镀铬的短枪管上刻着“点三八英寸特种弹”字样，想起曾在侦探小说中读到过关于枪的故事。其实，他跟泰勒一样好奇，但他知道，他们偶然发现了一件原本不该发现的东西，于是，他尽力装作似乎没什么大不了的样子。

“没错，我想这是一把左轮手枪。”杰克重新把枪包了起来。

“为什么不能让我看看呢？”

“因为就是不能，别再问了。”

泰勒气呼呼地看着杰克把枪收了起来，又朝洞里瞅了两眼。这次他取出了一个大的塑料密封袋。

“是钱！”泰勒把密封袋抓在手里。

尽管装在塑料袋里，杰克还是能模模糊糊地看见那些 50 美元和 100 美元钞票上印着的格兰特与富兰克林的头像。起先是一把枪，现在又是现金——即便不是侦探也能猜得到发生了什么。

“这里面有多少钱？”泰勒问。

杰克打开袋子，快速翻了翻那一沓沓的钱。

“看上去有很多。”他对弟弟说。

“哇！这些钱是从哪儿来的呢？”

“你大胆地猜吧。”

“是布尔的吗？你的意思是说，他一直都藏着这些钱？”

“大概吧。”

“那我们拿一点儿吧。”

杰克的声音再次变得严厉起来：“不行！你得忘掉见过这些钱的事儿。这把枪和这袋钱会让我们没命的。”

“但是杰克……”

“我是认真的，泰勒。忘了你曾经见过这些东西吧。”杰克把钱重新封装好，再将它和那把枪一起，小心翼翼地放回了洞里，“如果布尔知道我们发现了这里，他会……”

杰克并不需要把话说完。他们无数次见识过布尔的火暴脾气，足以想象出各种可能性了——但没有一种会是善意的。

第三章

杰克瞅了瞅妈妈，又看了看窗外，天已渐渐转入薄暮时分。

“快！”他轻声对弟弟说，“把地板放回去，跟我来。”

“为什么？”

杰克没去理会，他拿起橘红色的鞋盒，匆匆回到了他们的房间，科迪和泰勒紧跟在他身后。泰勒关上了门，他们在杰克的床上坐下，把盒子放在两人中间。科迪跳上来，嗅了嗅盒子，然后蜷在杰克的枕头上。

杰克小心翼翼地靠上前，打开了破旧的盒盖。泰勒倒抽了一口气。盒子里装满了边缘已经残破或折损的信件和卡片，其中有些信还没有拆封，但年深日久，纸张褪了色。

“真不敢相信，妈妈和爸爸通了那么久的信。”泰勒一边说，一边把手伸进盒子里，掏了一把信出来。这时，有几张照片掉出来，落在了床上。杰克拿起一张，他认出那是年轻的爸爸和妈妈，他们正坐在一张长椅上，看不出来是在什么地方。两人都在笑，还有个小男孩在爸爸的膝盖上蹦跶。

“那是我！”杰克忽然反应过来。

“那这张呢？”泰勒递给了杰克另一张照片，上面有个小宝宝，还穿着开裆裤。

“那是你。”

泰勒惊讶得张大了嘴：“啊？”

杰克笑了：“没错。瞧你那时候多胖啊。”

泰勒对着哥哥的肩膀捶了一拳。“才没你那么胖呢。”他一边说，一边瞧了瞧杰克手里的照片。

但这些照片对杰克的吸引力还赶不上那些信的一半。他抽出一封信，写信的时间大概是七年前，而且和所有的信一样，邮戳显示来自怀俄明州。他从信封里抽出一张信纸，开始看起来。

“信上写了什么？”泰勒问。

杰克看得太入神，没有吭声。

泰勒又推了推他：“说啊。”

“是……”

“是什么？”

杰克瞥了泰勒一眼：“爸爸在信上说，他喜欢野外的生活，还听人说起，那里有个隐秘的山谷。”

“不是吧？！还写了什么？”

“他还告诉妈妈和我们，东部地区的生活是在攫取他的生命，也在消耗我们的生命。他说想念我们，希望妈妈能带我们去怀俄明州……他甚至说要随信寄些钱来给我们买车票。”

杰克放下了手里的信，和泰勒面面相觑。

终于，泰勒轻声说道：“杰克，爸爸果然想让我们跟他在一起。”

这个想法徘徊在他俩心间，两人都沉默着。杰克又把手伸进盒子里：“我们瞧瞧剩下的这些信上都是怎么说的。”

孩子们清理着他们新找到的宝藏。每封信里都洋溢着怀俄明州的风情，满载着怀俄明人的故事。这更像是他们的爸爸的日记，有些信中写着一些实用的点子，建议如何在荒野中生活；有些信中则记录了遭遇野生动物的故事，以及他们的爸爸学习如何生存的奋斗历程。然而，所有的信都由两个主题贯穿着：对现代化生活的疑惑，以及希望珍妮弗、杰克与泰勒来到他身边的那种殷切的渴望。

“妈妈为什么从来没告诉过我们？”泰勒问，他们快清理到盒底了。杰克抬起头，看见弟弟的眼里含着泪水。

他摇摇头：“或许，她真的以为他疯了；或许，她以为带我们去那儿，会让我们置身险境。”

“但妈妈深爱着爸爸，不是吗？我的意思是，为什么她不相信他呢？至少，要给他一次机会吧？”

“可能她也想过，但她病倒了，泰勒。还记得吗？她得住进医院。”

“就是在她遇到了布尔之后吧？”

“是的。”

兄弟俩就坐在那儿，努力思索着前因后果。这时候，杰克看见盒底还有一封信。他把信拿出来，看见是写给妈妈的，但这封信既没有破损，也没有褪色——这封信干干净净，是最近收到的。

杰克撕开信封，大声地读了出来。

亲爱的珍妮弗：

我已经找到了——这是个最理想的地方，可以让我们和孩子们一起生活！这个地方在落基山脉高处的一个山谷里，人迹罕至，和我们年轻时说起过的一样。在这里，我们可以自给自足，远离喧嚣的城市生活。

我知道你已经厌烦了我说这件事，但我一直都坚信能找到这里，而现在，我看到一切都变成了现实！我写这封信，是希望如果你还需要我，你知道在哪儿可以找到我。

我不打算告诉你确切的方位，以免收到这封信的人不是你。但我会在附近某个地方给你留下一些标记，好让你知道如何找到我——就在那个我年轻时曾经看到过北极光的地方。仔细找找我描述的这些地标，我每年夏天都会在那儿等着你。我知道你肯定可以找到。

我爱你，永远爱你。

阿贝

“还有别的吗？”泰勒问。

杰克取出第二张纸，两人仔细研究起来。在这张纸上，他们的爸爸草草地画了一张地图，图上是个湖泊，还有个大瀑布倾泻而下。地图的底部写着一些字——“大提顿 NP”，旁边还有些提示，大意是抛下灵感，去看看北极光。在这张纸的最底部写着最后一句话：“远眺麋鹿之颈的另一边，在野花凋落的地方。”

“‘NP’是什么？”泰勒问。

“国家公园吧，我想。”

“那‘灵感’，还有‘远眺麋鹿之颈的另一边’，又是什么？”

杰克摇摇头：“估计这些都是暗示吧。”

“不太好猜的暗示啊，”泰勒说着，从床上跳了下来，“但并不意味着我们不能去找他！”

“你说什么？”杰克盯着弟弟。

“你还不明白吗，杰克？一切都变得不一样了。爸爸想让我们都去和他一起生活！我们可以离开这里，离开布尔了！”

科迪似乎也很乐意。它站在床上，尾巴兴奋地摇着。

但这些信却让杰克的心情很复杂。他感到愤怒，也感到兴奋；他感到忧虑，也感到怨恨。

“即便他在找寻某个隐秘的山谷，”杰克想，“能把我们都扔在这儿——还不回来亲自接我们过去，他究竟是怎样一个人啊？”

“这主意怎么样，杰克？我们还等什么呢？”

“你还忘了什么吧？”杰克说。

“忘了啥？”

“妈妈。”

泰勒的脸立刻布上了阴影：“哦……”

“我们不能把她留在这里。她不能跟布尔一起。她需要我们，泰勒。”

泰勒坐回自己的床上。“是啊……你说得没错。我确实忘了。”过了一会儿，他又喜笑颜开，“那等她好起来之后呢？”

杰克从来没对弟弟说过妈妈的真实病情。但也许泰勒已经长大了，可以听到真相了。

“泰勒……”

弟弟看着他：“怎么了？”

“她也许再也不会好起来了。”杰克想说这句话，却不知怎样说出口。

“没事儿，”杰克说，“没事儿。”

第四章

布尔那天晚上没有回家。晚餐时，杰克和泰勒给妈妈煮了一碗番茄浓汤，他们自己吃的还是布尔的那袋热狗——不过这回是加热了吃的。吃完晚餐，安顿好妈妈之后，他们都爬到了自己的床上。杰克把枕头拍得松松软软的，然后一头扎入了自己最喜欢的作家威尔·霍布斯写的冒险故事里。科迪跳上了泰勒的床，靠在他脑袋旁边蜷着。杰克很快便听见房间的另一端传来他俩均匀的呼吸声。他忍不住想起爸爸寄来的那张地图。那意味着什么呢？他终于拿出了一沓纸，随手在纸上画起了麋鹿，还有一些花绕在鹿脖子上，又在上面加了一行拱形的字，“大提顿”……他还是看不出来其中的含义。然而，对他的爸爸来说，这一定有意义。

过了一会儿，杰克关上灯，躺在床上想起那一盒子的信，又想起那把枪和那一大袋现金——短短一天发现得也太多了点儿吧。终于，他感到眼皮子越来越沉了，很快便迷迷糊糊地睡了过去——但几个小时之后，他在惊吓中醒了过来。

“嗯？”他咕咕哝哝地翻过身，去看他们的闹钟。起初，他以为到起床的时间了，但闹钟上的红光显示，才刚刚凌晨 4 点 28 分。

这时，他听见科迪在抓挠前门。

“科——迪——”杰克有气无力地唤了一声，“现在还是半夜呢。你就不能忍到天亮吗？”

他半梦半醒地摸到大门口，看见这只小狗迫不及待地蹦跶着。

“怎么，那些热狗吃得不舒服吗？”杰克一边问，一边打开了前门。

科迪撒开腿就奔了出去。

“真奇怪。”杰克暗自思忖着。他在门口坐了下来，等着科迪办完事。过了一会儿，他的眼皮子又越来越沉了，但科迪仍然没有回来。

“该死。”他说着站了起来，回到自己的卧室，然后，仍旧穿着睡衣，蹬了一双运动鞋，开始往外走。

“你要去哪儿？”

杰克回头，看见泰勒正揉着眼睛。

“不去哪儿，”杰克告诉他，“我得去找科迪。你快睡觉。”

就在这时，他们听见远处传来一声犬吠。

“那是科迪。”泰勒猛然清醒过来，“我和你一块儿去！”

“好吧，快点儿。”

泰勒跳下床，把脚塞进鞋子里。然后，两兄弟一起下楼摸出了门外。

“刚才的声音是从哪儿传来的？”泰勒问。

“我估计在‘丛林’那边，来吧，我们跑过去。”

借着弯月的微光，两人跑进了屋后的那条小巷中，一路跑到了街对面。这条街的末端是住宅区的尽头，那里只有一条狭窄的土路，穿过几棵树，通往一小块空地，那是许多居民倾倒垃圾的地方，街区里的孩子们都称之为“丛林”。兄弟俩沿着小径摸索着前行，看见前方空地上停着布尔的卡车，旁边还有一辆他们不认识的崭新的两厢轿车。忽然，他们听见前方传来布尔的声音。

杰克掩住嘴：“嘘——”

他们继续向前移动，直到看见两个模糊的身影出现在黎明前的夜色中。

杰克和泰勒在一堆灌木丛后蹲伏着。“那个人是布尔。”杰克小声说，但他并不认识另一个人。

“看，科迪在那儿！”泰勒悄声说道。

杰克眯起眼睛，看见了他们那只小猎犬的身影，小狗就在布尔身后几米远的地方，直愣愣地盯着那两个人。

从他们所在的地方，杰克和泰勒可以清楚地听见布尔与陌生人之间的交谈。

“够了，布尔，你全都搞砸了。”陌生人说。

“我说过，那不是我的错。”布尔说。

“你以为这是哪里？幼儿园吗？”陌生人说，“重点不在于是谁的错，你这个蠢货。我们雇你干这活儿，你却把它搞砸了。”

“我怎么知道那个家伙不是一个人？你想让我做什么，把他们五个人全打趴下吗？”

“那不关我的事。”陌生人道，“我们事先就付了钱让你干活儿，你却什么都没干。现在，我的头儿想要把钱要回来。”

“可我……可我没钱。”杰克头一回从布尔的声音里听到了一丝慌张的感觉。“我一定把活儿干了！”布尔说，“就明天吧，我保证。”

“那样最好。要不然……”

陌生人的语气让布尔的声音一转，又变回杰克熟知的那种恐吓式的嘲讽——原本的一丝慌张瞬间无影无踪。他昂首挺胸地站直了。“这是威胁吗？”他咆哮道。

攻击者结巴起来，忽然处于劣势。

布尔看上去已经气疯了，身体里似乎有什么东西突然爆裂。他迅速掏出一把枪，对准了那个陌生人。杰克非常肯定，这就是他们几个小时之前刚发现的那把枪。陌生人吓得不敢动弹。兄弟俩胆战心惊地看着这一幕。

“恐吓我可没什么好下场。”布尔恶狠狠地咆哮道，“该怎么干活儿我清楚得很。”

然而，还没等布尔把枪瞄准，一团白褐色相间的东西忽然从低矮的灌木下狂奔而出。科迪跳了出来，蹿到两人中间，狂吠起来。

“什么——”布尔吓了一跳，叫嚷起来。

他朝小猎犬踢了一脚，稀里糊涂地身子一转。尽管有灌木丛挡着，杰克还是感觉到布尔的目光咄咄逼人地扫向他们藏身的地方。

“快点儿，泰勒，趴下！”杰克使劲把弟弟往后拉，“我们得离开这儿……”

“不行，等等。科迪还在那儿呢！”泰勒喘着气说。

布尔刚一分神，陌生人就瞅准了机会。他扑向布尔，想抓住那把枪。两个人立刻扭打起来。陌生人钳住布尔的手腕，要把武器从布尔手里夺走——但布尔抓得很紧。然后，他想用膝盖去顶布尔的腹股沟，却撞在了布尔的大腿上。

杰克一把抓住泰勒的胳膊。

布尔嗷嗷直叫，但成功地绊了陌生人一脚，两人都狠狠地摔在了地上。灌木丛挡住了孩子们的视线，他们只能听见两个男人一来一往拳打脚踢的声音，而那只小猎犬正叫得歇斯底里。

然后砰的一声，杰克和泰勒听见了枪响。他们面面相觑，惊骇得睁大了眼睛。四下里忽然静得有些诡异，孩子们只能听见彼此低沉的呼吸声。空气中弥漫着浓浓的寂静，直到灌木丛中传来一阵窸窸窣窣的声音才让他们回过神来。泰勒差点儿喊了起来，他看见科迪从灌木丛里跑出来，跳进了他的怀里。

“快走，杰克。”泰勒气喘吁吁，“我们离开这儿吧！”

*

一回到房间，两个男孩儿就挤着睡在杰克的床上，让科迪趴在他们中间。

“布尔对那个人开枪了吗？”泰勒低声问道。杰克可以感觉到弟弟的身体还在颤抖。

“我……我不知道。”

“啊，那我们现在该怎么办？我们是目击者，杰克。如果布尔还活着，他会追杀我们的。”

“其实我们并没有看到什么，泰勒。刚才我们听到的话，一个字也别说出去。别对格拉索警官说，别对妈妈说，别对任何人说。我们不能冒险！”

杰克希望自己真的能像说出来的那样肯定，但他明白，把泰勒吓得比他还焦虑根本毫无意义。

两个男孩儿在床上躺了一会儿，竖着耳朵听布尔有没有回来，或警官有没有来。但他们只听见高速公路上远远传来的车辆轰鸣声，还有从河边传来的货运车的鸣叫声。

“杰克，”泰勒听了一会儿开口问道，“那个家伙说让布尔干活儿是什么意思？那是个非法的勾当吗？”

“我告诉过你，我们必须忘记这件事。”

“可我做不到。布尔惹上大麻烦了，不是吗？我们难道不应该告诉警察吗？”

“听着，”杰克说，“我并不知道布尔和谁搅在一起了，但我很清楚那些人我们必须远离。”

“那我们为什么不报警呢？”

“因为我们没有证据。即便我们告诉了警察今晚看见的一切，他们也很有可能根本不会相信。如果他们相信了，我们可能就不得不去做证——到时候那些人一定会找我们寻仇的。他们可能会把我们看管起来，或者把我们分开。所以，我们不得不低声下气一点儿，尽可能地保护好妈妈。”

“但是，如果我们什么都不做，不是也会很糟糕吗？”

杰克叹了一口气：“这跟电影里演的不一样，泰勒。真实生活要复杂得多。我们得想清楚眼下最重要的事情是什么。”

“你是说妈妈。”

“是的，妈妈。关于布尔还有那些和他混在一起的家伙，我们什么都不能做，但我们可以尽量离他们远一些来保护她。我们必须这样做！布尔只在乎一件事，那就是他自己。所以，我们必须照顾好我们三个人。”

“还有科迪。”

“没错，还有科迪。”杰克笑了笑，但心里却乱成了一团。他知道，要保护好家人，说起来容易，做起来却困难得多。

第五章

忙忙碌碌地过完了这个学期的最后一天，两个男孩坐上了回家的校车。下车时，他们和往常一样与司机波纳赤先生开了几句玩笑，波纳赤先生也祝愿孩子们度过一个愉快的暑假。但前一晚发生的事仍在他们的脑海中徘徊，就连等着孩子们下车的科迪看上去也更安静了。

在回家的路上，泰勒忍不住又提起那件事：“杰克，我一直在想昨晚的事。”

“小声点儿。我告诉过你，忘了昨晚的事。”

“但是，布尔……”泰勒嘟哝着一脚踢飞了前面的小石子儿，“不知道他回来见到咱们会说些什么？如果他现在正等着咱们怎么办？”

杰克一转身，双手扶在弟弟的肩膀上：“泰勒，我没跟你开玩笑。你必须忘了昨晚的事。我们甚至不太清楚另一个家伙死了没有。布尔很愚蠢，但他还没有蠢到无可救药。如果我们到现在都没讲过什么，他就知道，我们不会说。”

泰勒点点头，放松下来：“好吧。我只是……”

杰克见弟弟愁眉不展，松了手，说：“我知道，你很害怕。我也是。但一切都会过去的。”两人并肩向前走着，杰克抬起胳膊，搭在泰勒的肩膀上。他希望自己看上去可以更自信一些。

两人快走到家时，忽然在街口停住了。在教堂旁边的老地方，格拉索警官正等在那里，他的两手扣在腰间挂枪的皮带上。杰克的心怦怦直跳，他能感觉到泰勒的身体正紧紧地贴着他。

“他在这里做什么？”泰勒小声问。

“装作跟平常一样就行了。”杰克小声回答，但他和泰勒一样清楚，这位警官不会没有原因地连续两天出现在这里。

“肯定与昨晚有关！”杰克和弟弟向格拉索警官走去的时候暗自猜想。

“嘿，孩子们。”格拉索警官打了个招呼，朝他们走了过来，“我正想着可能会遇见你们往家走。”

格拉索警官的声音没有平常那么欢快了，杰克知道肯定出了什么状况，便问道：“怎么了？出了什么事？”

泰勒瞥了一眼哥哥，然后直愣愣地看着格拉索警官。

这位警官把嘴里的牙签拿了出来。“唉，孩子们。”他叹了一口气，“情况有些……有些不妙。”

杰克等着格拉索警官提到布尔，却没想到忽然听见他说：“是你们的妈妈。”格拉索警官的话传入杰克耳中时，整个世界似乎都凝滞了。

泰勒半秒钟也没迟疑，大喊了一声“妈妈！”一路往家奔去。

“泰勒，你给我站住！”格拉索警官在他身后喊了起来，可是杰克和科迪也跟着跑了过去。

他们跑进街区，看见两辆警车和一辆救护车正停在屋外，那里围着一大群人，有邻居、警察和医护人员。旁边一辆巡逻车的红蓝色警灯一闪一闪的，悄无声息，却让眼前的景象蒙上一丝怪异。

仍然跑在前面的泰勒向大门口直冲了过去。在最后一刻，一个穿着栗色宽松长裤的女人拦住了他。

“放开我！”泰勒大喊着拼命挣扎。

气喘吁吁的杰克和科迪一个急刹车，停在了他们旁边。

“告诉我们发生了什么事？”杰克问道。他心里已经在琢磨着和布尔厮混的那帮暴徒了。

如果他们找到这儿来想报复布尔却伤到了妈妈该怎么办呢？

就在此时，屋门忽然打开了。两个穿着急救制服的人走下了台阶，横在他们中间的，是一张轮床。

他们的妈妈就躺在那张轮床上，她的头被绑在一个固定的位置上，头上还缠着止血的绷带——缠得那么多，杰克只能看见她的一只眼睛和左侧的脸颊。可是，即便只露出了这一小部分，也能看见妈妈的脸上有大理石斑纹状的可怕淤青。

“妈妈！”泰勒挣脱开抓住他的那个女人，冲向了那张轮床。杰克也冲了过去。

“妈妈，你怎么了？”泰勒焦急地问。

“她听不见。”一位医护人员说。

“发生了什么事？”杰克问，“她会好起来吗？”

这时候，布尔出现在了门口。“泰勒、杰克，别闹了！”他命令道，“你们的妈妈从台阶上摔了下来。他们要送她去医院。”

杰克往前走了几步。“原来他已经回来了。”他暗想。

“为什么之前没人把我们从学校里叫回来？”

“没那个时间。”布尔嚷嚷着，“我到家后才发现她出事了。总之，这些人会处理好的，现在你们都靠边儿站吧。”

眼泪哗哗地顺着泰勒的脸庞流下。他和杰克怔住了，不知所措，只能任由那些人把妈妈抬进救护车里。刚才拦住泰勒的那个女人温柔地安抚着他们。

“我很抱歉。”

杰克强忍住泪水，转身看着她：“你是谁？”

“我叫琼斯，是儿童保护组织的工作人员。我来这儿是确保你们可以得到需要的一切。我们已经和你们的继父谈过了——”

“我们的继父？”

“没错，达维茨基先生。我们刚刚已经告诉他，将尽最大努力来支持他。”

“你说支持他是什么意思？”杰克问。

“哦，因为你们的妈妈出了意外，他将会照看你们——”

“但是——”

杰克还没来得及抗议，布尔已经走到了他的身后。他把一只手搭在杰克的肩膀上，暗暗地使着劲儿，直到杰克痛得缩了起来。“那就对了，”布尔对琼斯说，“我和孩子们会好好的，对吧？”

杰克深吸了一口气，回头瞪着布尔——他感觉腹中绞痛难忍，心里想着：“我们肯定不能让布尔来照顾。”

但他还没来得及说什么，布尔便搪塞过去了：“我要和珍妮弗一块儿上医院了，不过，我得先跟孩子们说几句。”

这位社工的眼中闪过一丝犹疑，但她很快笑了笑便走开了。

布尔弯下腰，看看杰克，又看看泰勒。“瞧啊，孩子们，”他伸出大拇指往后指了指那辆救护车，怒气冲冲地说，“现在你们明白了吧。”

“明白什么？”泰勒不解。

“明白那些制造麻烦还不听话的人都会怎么样了吧？我知道你们昨天晚上都在场，你们这两个小不点儿，还有那只不值钱的狗。我还知道，你们看见了很多不该看的东西。”

“我们什么都没看见。”杰克说。

“嗯，我们不知道你在说些什么。”泰勒迟疑地加了一句。

布尔冲着他们咧嘴一笑：“你们爱怎么说就怎么说吧。我要去医院了，但我过一会儿就会回来，到时候，我们再好好谈一谈。”

说完这句话，布尔便走过去，上了救护车，又回过头，恶狠狠地看了孩子们一眼。杰克和泰勒默默地看着一名医护人员关上后门，转身上车，坐在了前排的座位上。很快，引擎开始轰鸣，这辆车绝尘而去。

当救护车从人们的视线中消失后，几名警察和一些邻居围住了杰克和泰勒。有些人上前来安慰他们，比如桑切斯太太。泪水从杰克的眼中涌了出来，他觉得喉咙像被蟒蛇缠住了一样，声音嘶哑地对人们说：“我们需要单独待一会儿。”说完，杰克抓起泰勒的手，拉着他回到了屋里，科迪紧跟在他们身后。

一回到屋里，泰勒就呜咽起来：“杰克，发生什么事了？为什么布尔说他是我们的继父？”

“那样别人就不会把我们带走，他好看管我们。”

“杰克，那我们怎么办？”

泰勒的声音近乎歇斯底里。杰克张开双手抱住了弟弟，大脑却在拼命地思考着。如果和布尔待在一起，他们的生活将会非常凄惨——甚至更糟糕。但如果他们报警，又会被隔离开，可能还得去做证，那样就会立刻招惹到布尔和他帮着干活儿的人。杰克不能让那样的情况发生，他得想个办法脱身，而且必须快点儿想出来。

忽然，一个主意冒了出来——答案显而易见。他温柔地放开泰勒，扒开挡住他眼睛的头发，说：“我想到了要做什么，但我们必须动作快一点儿。”

杰克匆匆回到卧室，取下挂在墙上的背包。泰勒跟在他身后。

“你在做什——”

“清空你的背包。”杰克说着，双手已经把学校里用的书和笔记本一股脑儿地倒在了地上。

“为什么？”

“照做就行了。”

泰勒开始拉开背包的拉链：“发生什么了，杰克？”

杰克看着他的眼睛：“我们要离开这里，就是这样。我们要去找爸爸。”

泰勒目瞪口呆，过了一会儿，问道：“你的意思是去怀俄明州吗？”

“我就是这个意思。”

“但是你说过，我们不能离开，因为妈妈还病着。”

杰克犹豫了。他以前从未见过有人遭到殴打，但妈妈的样子看上去很糟糕。真的糟糕极了。不知道她还能不能醒过来，想到这里，他感觉心里一阵绞痛。“但我们现在什么都做不了。”他对泰勒说，“我只知道，她肯定不想让布尔或是什么社工组织来管着我们。”

泰勒点了点头，他觉得又惊讶又困惑，一句反驳的话也说不出口。

“如果我们可以离开布尔，最后大不了就是被分开。我们必须现在就走。”杰克继续说。

“你想让我做什么？”泰勒嘟囔着。

在卧室角落的一堆东西里，两个孩子已经收拾了一些今年夏令营要用的物品，但杰克立刻又列出一张额外的生存需求清单。

“装好我们夏令营要用的那些东西——尤其是夜里保暖的衣服和袜子。”

泰勒按他说的一一照做了：“还有别的吗？”

“拿上手电筒。”

泰勒从厨房里把手电筒找了出来，递给杰克让他塞进背包里。这时候，他们听见有人在敲前门。

“孩子们，你们还好吗？”门外隐隐约约地传来琼斯的声音，那个从儿童保护组织来的女人。

杰克和泰勒急忙跑到门口。“我们……我们很好。”杰克说，“我们只是需要一点儿时间单独待一会儿。”

“我明白。”她的声音里充满了同情，“我就在外面等着，等你们想说话了就出来吧。”

“好的，谢谢。”杰克努力掩饰着自己的慌乱。

等了一会儿，兄弟俩听见有走下台阶的脚步声，还有喃喃不清的话语声，这位社工开始和一些邻居交谈起来。

杰克深吸一口气：“差点儿就被发现了。”

“我们还需要什么呢？”泰勒问。

他们匆忙回到卧室。杰克拉开了两人共用的书桌的顶部抽屉，里面装着一些他们最珍爱的东西。他拿出自己的瑞士军刀，塞进口袋里。然后，他递给泰勒一个指南针：“喏，你拿着。再去厨房的抽屉里拿点儿绳子。”

趁泰勒去厨房的时候，杰克还从书桌里拿了个手机。这是个一次性手机，通话时长有限。杰克几个星期前看见布尔把它扔在一个抽屉里，后来，趁布尔没看见的时候，他把手机拿了回来。

泰勒拿了一卷绳子回来，放进自己的背包里："我们还需要什么？我可以带上基吉吗？"

泰勒举起了几年前圣诞节时妈妈送给他的那只公仔小浣熊。杰克看见弟弟拿着玩具，有些不高兴。

"这个……不行。包里放不下了。"

让杰克吃惊的是，泰勒只是点了点头，便轻轻地把基吉放回了床上。没过一会儿，泰勒从衣柜里翻出了一本破旧的小册子，举了起来。

"地图要吗？"

杰克点点头："当然要。做得好。"

"我们能带几本书吗？"

杰克看了一眼已经鼓鼓囊囊的背包，然后走到了书架边。"只能带一本。"说着，他选了爸爸的那本日记。两个孩子看了看这本日记，又彼此看了一眼。杰克立刻把它塞进了书包里。

从厨房里拿了几听罐头和一个开罐器之后，杰克带着泰勒和科迪去了布尔和妈妈的卧室。他跪在地上，撬开了那块松动的地板砖，露出布尔的秘密地洞。布尔的枪不见了，但那个装满了钱的塑料袋仍在。杰克把它拿了出来。

"杰克，你在做什么？"

“我们要用到钱，”他直起腰说，“反正这笔钱也不属于布尔。”

“但你说布尔会杀了我们的。”泰勒对他说的时候眼睛直盯着袋子里的钱。

杰克忽然变得有些冷酷：“除非他能找到我们，但布尔永远都不会找到我们的。”

回到卧室，杰克从床底下藏东西的地方取出了那个装满信的橘红色盒子。他抓起最后收到的那封信，放进了背包里。

最后，他们拉上拉链，吃力地背起背包。杰克感觉背包的背带似乎嵌入了肩膀，但他一点儿也不觉得疼。比起眼睁睁看着妈妈被人抬进救护车的感觉，这根本算不上什么。

背上书包后，泰勒走到大门口，透过玻璃窗往外偷窥了两眼。

“邻居们还在外面呢，”泰勒观察着，“还有那个社工。”

“我们必须从窗户爬出去。”

他们立刻回到屋后的卧室，确定了后院里没有人后，杰克推开玻璃窗，把两人的背包先扔到了窗外。

“科迪怎么办？”泰勒问，“我们会带上它，对吗？”

杰克停住了。他还没考虑过这只小猎犬呢。科迪似乎知道他在想什么，冲他呜呜叫着，摇了摇尾巴。杰克笑了起来：“当然，我们不能留下它跟布尔待在一起。”

泰勒先爬出了窗户，杰克抱起小狗，递了出去。然后，他跳了出来，跟在泰勒身后。“就是这样，”他想，“再也不回来了。”他捡起背包，收拾停当。

“你准备好了吗，泰勒？”他问。

“好了。”泰勒回答。

三个小伙伴抄近道从邻居的后院跑到另一条街上，再匆匆奔往“丛林”的方向，从此离开了往日的生活。他们谁也没有回头看过。

第六章

“我们怎样去怀俄明州呢？”泰勒问。

“这的确是个问题。”杰克暗想。有背包里的那些现金，他们就有了很多钱，多到他们自己也数不过来了，这些钱足够用来购买车票或者机票，但杰克不打算那样做。无论有没有票，车站和机场的人都不会让两个男孩自己去旅行的。

杰克也考虑过一路搭便车，但那样太暴露目标了。所有人都能在路上看见他们，接着就会报警。他还听过一些可怕的故事，据说有些坏家伙会拐带和绑架儿童——也许更糟。

这时，杰克想到了一个主意。

“快说吧！”泰勒催促道。

“我们去火车站。”

“要逃票吗？”泰勒的声音里充满困惑。

“很多人都逃过呢。”杰克说。他想起以前从书里读到过，有些不法之徒或亡命之徒会跳上货运火车逃票。

“也许吧……”

杰克只希望能比家门口那些人抢先一步。火车站其实就在距离他们家不到一公里的地方。于是，孩子们和科迪立刻往车站的方向出发了。他们沿着脏兮兮的小径穿过“丛林”，来到一块空地上，又转入一片荆棘丛生的狭长林地。在那儿，他们找到了一条小路，这条路把他们带到一个围着锁链栅栏的地方。他们停了下来。在栅栏的另一边，有十几条平行的铁路轨道铺满了一个比十个足球场还要大的区域。有些铁轨上停着货运火车，但在一条轨道上，有一列长长的装运了煤炭的火车正慢慢驶离车站。

“好家伙，有这么多火车。”泰勒说，“我们要上哪一列呢？”

“你问倒我了。”

杰克从读过的书中得知，一些货运车厢比其他车厢坐起来更舒服。他看见有些车厢装着煤，显然没法儿坐上去。但是，他发现在另外几列火车上，有几节全封闭式的车厢门是开着的。从他、泰勒和科迪蹲着的地方看过去，那几节车厢似乎都是空的。

“我们怎么知道这些列车往哪儿开呢？”泰勒问。

“你能安静点儿让我想想吗？”杰克说，可泰勒问得确实有道理。

“怀俄明州，是在西部。”杰克思索着，“如果坐上一趟去缅因州或佛罗里达州的火车对我们就没什么好处——如果我们想去找爸爸的话。”

他抬头看了看下午的日头，阳光正破云而出，照在他的左边。

那就意味着这座车站是南北走向的。

“走吧，”他对泰勒说，“我们爬过这道栅栏。”

两个男孩把包扔到栅栏的另一边，然后手脚并用地爬了过去。科迪看到他们在爬栅栏之后，便从栅栏下找了个低洼的地方钻过去，与他们会合。

“快点儿。”杰克喊了一声，跑过几条铁轨。

“那要……上哪一列呢？”泰勒踉踉跄跄地跟在后面问。

“我不知道，但要当心巡防员。他们不喜欢有人逃票。”

他们仨来到了第一列火车旁，沿着车身往前跑。杰克看见这列火车的一部分车厢里装着谷物。

“谷物都长在西部。”他想，“那么这辆车可能是开往相反方向的——不是我们想去的地方。”

他们从两节车厢的空隙间穿过去，来到了第二列火车旁。

“有节空车厢！”泰勒告诉他。杰克顺着弟弟的手所指的方向，看见了一节灰白色的金属车厢，厢体上还喷着一些涂鸦。很快，他们跑了过去，在敞开的车门旁边停了下来。这节车厢里面是空的，厢底只铺了一层脏兮兮的胶合板。

杰克点点头：“这节车厢可以上。”

但是，正当他沿着轨道向前走，准备看看这趟车开往何处时，他听见脚下的砾石路上传来嘎吱嘎吱的脚步声。杰克忽然变得慌张起来，一时间不知所措，愣愣地站在铁轨上。从两节巨大的车厢之间，走出来一位长相骇人的巡防员，他的身旁还跟着一只兴奋的杜宾犬，他们挡在了杰克的正前方。杰克吓得眼睛都瞪圆了，转头便逃。

“快，泰勒，快跑！”杰克低声说道。

然而，已经太晚。

杜宾犬冲着孩子们狂吠起来，只听巡防员扯着嗓门大吼：“嘿，你们两个，给我站住！”

“继续跑啊！”杰克呼喊着从火车下面钻了过去，泰勒和科迪就跟在他身后。

“追上去！”巡防员大喊一声，放出了那只杜宾犬。

“别停下！”杰克对泰勒喊道。

孩子们沿着第二列火车全速奔跑。这时，传来巨大的咆哮声，杰克回头看了一眼。那只杜宾犬正在他们身后飞奔。当孩子们都拼了命地往前跑时，科迪忽然转身，毫不畏惧地迎向了那只高大的杜宾犬。

“科迪，别去！”泰勒尖叫起来，但这只小猎犬明白自己在做什么。它冲那只大狗直奔过去，凶狠地咆哮起来。杜宾犬吓得一愣，猛然刹住了冲锋。但没过一会儿，它似乎想起来自己有多高大威猛，于是扑向了科迪。但科迪比这只大狗反应更快，它闪到一边，咬了一口杜宾犬的肚子，然后径直往相反的方向跑去。杜宾犬嗷嗷直叫地跟在了它后面。

杰克抓住了泰勒的手臂：“来吧！”

孩子们钻过另一辆火车。就在旁边的一条铁轨上，他们发现有一列货运火车正轰隆隆地驶出车站，杰克很希望这趟车就是开往西部的，但逃亡的人根本没有选择。一节敞开的车厢离他们越来越近。

“跳上去！”他对泰勒说。

“我们不能丢下科迪！”泰勒对他大喊。

这节敞开的车厢已经开到了兄弟俩的身旁。

“快上！”杰克喊道，他听见身后传来巡防员的怒吼，“我们必须甩掉他！”

他卸下自己的背包，也把泰勒的背包卸了下来，然后拎着两个包，一边跌跌撞撞地跟着前行的车厢奔跑，一边把背包扔进了敞开的车厢门内。他回头看见泰勒还等在原地。

“泰勒，跑啊！”

泰勒站着没动。

“科迪能对付得了！”杰克歇斯底里地喊。

就在这时，他们听见了一声犬吠，然后看见一个白褐色相间的弱小身影沿着铁轨一路朝他们奔来。

“科迪！”泰勒大喊。

但非常不幸的是，那个巡防员拽着杜宾犬就跟在小猎犬的身后。

“你们给我站住！不准上那辆车！”

“快点儿！”杰克对泰勒喊，“跟上来！”

泰勒和科迪都追赶着杰克。

货运车厢每秒都在加速。孩子们的脚重重地踏在砾石上，他们不得不全速奔跑才能赶上这趟火车。杰克抓住科迪，不顾身后巡防员的呵斥，一把将这只小猎犬扔进了车厢。然后，杰克抓住一个小金属把手，身子一跃也跳进了车厢里。

他转身看见泰勒使出吃奶的劲儿跟着火车跑。杰克把手伸给了他。

“快，泰勒！抓住我的手，我拉你上来！”

可是，火车忽然提速了。

“泰勒！跑快点儿！”

“杰克，我不行了！”

“你行的，泰勒！这是我们唯一的机会！”

然而，杰克只能惊恐地看着泰勒落在后面，越来越远。

第七章

忽然，车厢震了一下，杰克摔倒了。整列火车似乎都在颠簸，前后车厢之间相互撞击着，巨大的碰撞声响彻半空。杰克愣了一下，不知道出了什么状况。

“杰克！”泰勒大喊，“快帮帮我！”

杰克手忙脚乱地爬了起来，看见泰勒的手伸进了车厢，他还在跟着这辆轰隆隆的火车奔跑。科迪站在敞开的车门边狂吠不止。

杰克扑过去，抓住了泰勒的手臂。“跳上来！”他喊道。

泰勒深吸一口气，纵身一跃，杰克往里一拽，把他拉上了车。泰勒扑在了哥哥身上，两人在铁皮车厢里从一边滚到了另一边。

杰克感觉科迪在舔他的脸。他和泰勒瞪大了眼睛，看着彼此。忽然，两个人都大笑起来。

“好家伙，刚才差点儿上不来。”泰勒说道。火车又开始加速了。

“是啊，”杰克坐起身子，“就差一点儿！”

泰勒爬了起来，脑袋往车门外一探，看着他们来时的方向。那个巡防员和他的狗已经消失在远处。

“你看见他们了吗？”杰克问。

“看不见了！”泰勒咧嘴一笑，“你觉得他还会来找我们吗？”

“不知道——但我想，这会儿我们应该安全了。”

“太好了！”泰勒回答，“不过，我们这是要去哪儿？”

杰克走到门边，站在弟弟身旁。这列火车似乎正在沿河行驶，很快他们就能看见匹兹堡市中心的高楼大厦了。

“我想，我们撞上了好运气。”杰克说，“看上去，我们正在往西边走呢。”

泰勒咧嘴一笑：“你觉得明天可以到怀俄明州吗？”

杰克轻轻捶了一下弟弟的肩膀：“你上课从来没专心听过吗？路上至少要花三到四天的时间呢——如果这趟火车果真能到怀俄明州的话。”

泰勒收起了笑容："是真的吗？"

杰克点点头。

两人都陷入了沉默。火车轰隆隆地继续前行，经过了一座又一座被涂鸦的仓库，穿过了一个又一个桥洞。很快，他们已经穿行在匹兹堡西部郊区的边缘，铁轨两边开始出现树林和灌木丛——离家出走的感觉开始变得非常真实。

孩子们从车门边转身，回到车厢里查看。这节车厢有一侧是空的，另一侧放着六个大木箱。每个木箱上都能看到"机械装置"几个字，用大写的红色英文印在箱子的侧面。科迪好奇地嗅了嗅每个箱子的底部。

"你觉得箱子里是什么？"泰勒问。

杰克摇摇头："大概是引擎吧。"

泰勒两手往箱子上一搭，想试着搬一搬，但箱子纹丝不动。"哇，这些东西沉甸甸的。我们打开一个看看吧。"

"还是别去动了，"杰克对他说，"我们已经惹了够多的麻烦，没必要再去破坏别人的东西了。"

泰勒耸耸肩。于是两人背靠一个木箱坐下。科迪钻到他们中间。那个木箱仿佛沉沉地压在他们身上，甚至压住了正趴在泰勒腿上的科迪。

“你觉得妈妈会好起来吗？”泰勒一边摸着科迪的脑袋，一边问道。

“嗯，我想她会——”

杰克正准备对弟弟说一切都会好起来的，然而，话刚说到一半，他却忽然止住了。他一直照顾着弟弟，不让他知道最糟糕的情况，但现在泰勒也许应该知道真相了。毕竟，他俩都身陷其中。

“泰勒，”他开始说了，“妈妈的情况似乎很糟糕，她已经很虚弱了，开始……”

泰勒抚摸着科迪的手忽然停住，他抬起头看着杰克。杰克原本以为会从弟弟的眼中看到泪水，却出乎意料地只看见了他以前从未见过的坚定神情。

“妈妈比你想象中坚强，杰克。只有意志非常强大的人才能在过去四年里一直忍受着布尔。”

“那个，也对，但是……”

“我觉得她会好起来的，杰克。我们只要找到爸爸，告诉他发生了什么事就行了。然后，我们就可以回来陪着妈妈。”

“泰勒，情况比你想象中复杂得多。”

“什么意思？”

“好吧，”杰克抚摸着科迪，“首先，我们怎样去怀俄明州呢？——这条路不会太轻松。然后，我们必须找到爸爸，但我甚至不知道我们能不能找到他。”

“把那本日记拿出来。”泰勒说。

杰克打开背包拉链，抽出了这本有些褪色的册子。泰勒从哥哥的手里接过这本日记，开始在满是图表和笔记的纸页中翻找。

“所有的笔记和图画都来自怀俄明州西部，对吗？”

“是的。”杰克确认。

“那他肯定就在那里等着我们。”

“你说得没错，但那里大得找不着边际。”

“管他呢。看，这儿记了一条笔记，‘布利奇 - 提顿’。你不是说，那是一片国家森林吗？”

“是的，但那儿比罗得岛大得多！”

“罗得岛在哪儿？”

杰克看着弟弟：“不会吧？你不知道罗得岛在哪儿吗？”

泰勒咧嘴一笑：“哈哈，你上当了。”

杰克一拳打在他的肩膀上：“小滑头。”

“好吧，无论怎样，他可能就在布利奇 - 提顿森林里。”

“也许吧。但即便他就在那片森林里，我们也得花上好多年来找。更何况，在后面几页里，他还提到了卡里布 - 塔尔基国家森林，再翻几页，还有大提顿国家公园。爸爸走过上万平方公里的地方，泰勒，上万啊。”

“但我们并不需要找遍所有的地方吧。爸爸给妈妈写了那封信，不是吗？”

杰克又把手伸进背包，拿出一个信封来。两人一起把信重读了一遍，又看了看那幅地图。

“瞧，就是那儿，”泰勒指着一个地方说，“他甚至写下了大提顿国家公园。”

“远眺麋鹿之颈的另一边，”杰克喃喃低语，大半在说给自己听，“这句话究竟是什么意思呢？”

“看来，大提顿国家公园里得有成吨的麋鹿了，对吗？”

杰克笑了起来：“是的，但没有哪只麋鹿会成年累月地站在同一个地方。所以，肯定不会是麋鹿，而是别的什么东西。”

“那我们就找人帮帮忙吧。无论有多艰辛，我们都一定可以做到。”泰勒的声音里有一种百折不挠的力量。

“好吧。”杰克回答，他已经厌倦了争论。实际上，他不过是觉得累了。车厢外，太阳已经落山，天空变成了灰蒙蒙的颜色。

“我们还是睡一会儿吧。”他对泰勒说，“你要是觉得火车减速了就把我叫醒。我们可不要再被什么铁路巡防员给逮着了。”

“如果逮住了，他们会怎么办？”

“可能会把我们交给布尔。”

泰勒站了起来，向车外啐了一口唾沫：“杰克，我绝对不回布尔身边。”

杰克看着泰勒的眼睛，他眼中坚定的神情正如他刚才说起妈妈的时候一样。这次，杰克也有同样坚定的感觉。

*

孩子们凑合着把木箱后面弄得舒服了一点儿，然后睡了一小会儿。但不到两个小时他们就都醒了过来，倒不是梦见了严重受伤的妈妈，也不是梦见了布尔那个疯子，让他俩醒过来的是货运列车里的酷寒。虽然车厢为他们挡住了风，但金属底板冻得像个冷藏柜，一直攫取着他们身体的热量。终于，晨光照在了车门上，杰克不想再继续睡了，便起身走到车门边。过了一会儿，泰勒也来到了他的身旁。

“你知道我们在哪儿吗？”

“不知道，也许是俄亥俄州吧？”

虽然树丛挡住了他们的视线，但远处的地面平整开阔，所以，他们能看到火车正在穿过一座城镇。

“这里是郊外。”杰克想。

忽然，泰勒指向前方：“杰克，瞧啊！”

在遥远的地平线上，孩子们看见了一栋栋高楼大厦。杰克发现了一座曾在电视上见过的摩天大楼。

“那是哪儿？”泰勒问。

“芝加哥。”杰克回答。

“芝加哥！哦，好家伙！我一直都想来呢。瑞格利球场就在这里啊，杰克。我们能去看看芝加哥小熊队的比赛吗？”

“泰勒，我们不能引人注意。”

“难道偷偷看一眼也不行吗？”泰勒恳求道。

“不知道，也许吧，”杰克摇摇头，“但在此之前，我们必须先好好睡上一觉。我一整晚都觉得有只大象在背后踹我呢。”

他们渐渐靠近了这座城市，火车开始缓缓减速，空气中弥漫着大城市的嘈杂与气息——柴油车的尾气、马路上的车流、呼啸而过的飞机，还有垃圾堆的酸腐味。终于，火车减速到像在爬行，孩子们看见前方的火车站里停靠着十多列火车。

“来吧，”杰克对泰勒说，“我们最好就从这儿跳车。”

孩子们背上了背包。杰克坐在车门边，双腿在铁轨上晃荡着。他直接从运动的车厢跳到地面上，让后足先着地，踏在砾石上，勉强站稳了。他继续跟着这节车厢跑了一段路，等着泰勒把科迪递给他。然后，泰勒也跳了下来，踩在砾石上，踢飞了几颗石子。

孩子们匆匆离开车站顺着一条运河前行，河边的流浪汉们搭建了各式各样的纸板屋、铁皮屋和胶板屋，甚至还有帆布棚。有的屋棚里已经住了人，孩子们经过时，几个白发苍苍的流浪汉冲着他们点了点头，但没有人跟他们搭讪。泰勒觉得背后一凉，打了个寒战。

“我不喜欢这里，杰克，”他紧张得用手抓了抓头发，“我们不该在这里逗留。”

“我们不会在这里待很久，”杰克回答，“我们只是需要休息，否则，还没开始上路，我们就已经累垮了。”

在铁轨和围栏之间的一条沟渠下面，孩子们找到了一个栖身之处，那里看上去似乎很久没有人住过了。这也许算是一个有点儿像样的地方，可以在里面睡上一会儿。

“来吧，”杰克说，“我们在这里睡几个小时吧。然后，我们再想想接下来去哪儿。”

孩子们躺在脏兮兮的地上，用他们的背包当枕头。空气中仍带着一丝寒意，但很快就暖和起来了，没过多久，杰克和泰勒就沉入了梦乡。杰克睡得有些不安稳，一会儿梦见妈妈，一会儿梦见他几乎一无所知的爸爸，还有布尔噩梦般的影子飘荡在他眼前，困扰着他。

然而，更糟糕的是，噩梦竟然变成了现实。杰克忽然感觉身体一侧剧痛无比。他猛然睁开了眼睛，看见一个胡子拉碴、怒目圆睁的人就站在他们身前。他的手里正拿着一根粗大的棍子。

“快滚出我的屋子！”这个男人大吼一声，挥舞着棍子向杰克的脑袋打了过去。

第八章

科迪跳了起来，狂吠不止，但这个男人一脚便把它踢开了。杰克和泰勒连滚带爬地奔到屋外。

“不知好歹的小兔崽子们！”男人大声呵斥。

“拿上你的包！”杰克对泰勒大喊，科迪翻了个身又冲到了那个男人的脚边。

泰勒钻回屋内，抓起了自己的背包。

“我们离开这儿吧！”

孩子们和科迪顺着河道又跑回了他们来时的那条路。那个疯男人在后面冲着他们大喊：“你们最好滚远点儿！再敢回来我肯定干掉你们这两个小兔崽子——还有你们那条癞皮狗！”

快跑到火车站时，孩子们终于放慢了脚步。

泰勒抬头看着杰克，恐惧仍然刻在他的脸上。他心有余悸地说：“唉，那家伙是个疯子吗？”

“我不知道，也许吧。”杰克说，惊慌失措的感觉让他的声音变得起伏不定，“从现在起，我们得更加小心一点儿了。”杰克忍不住想到，刚才或许会碰上更糟糕的事。他们的旅程才刚刚开始就遭到了围追和恐吓，已经两次了。

“好吧，”泰勒表示同意，“但这会儿，我真的想找个卫生间了……”

杰克看了看泰勒，又看了看自己。无论泰勒说的是什么卫生间，他俩的确都需要好好洗洗了。他们坐了一趟火车，又在那个疯男人的屋里睡了一觉，衣服都已经弄脏了。朝着火车站的方向，杰克和泰勒看见了一栋高大的建筑，似乎是一家铁路公司的产业。孩子们和科迪躲在一个大垃圾桶后面，偷偷地观察了很久，他们看见三四个穿着蓝色制服的员工走出了这栋大楼。

“跟上，”杰克悄悄说，“我们的机会来了。”

泰勒抱起了科迪。他们奔到了这栋楼的侧门。进门后，他们发现了一条长长的走廊，走廊的另一端可以听见一台复印机呼啦呼啦的工作声，还有一台收音机的聒噪声。

“在这儿呢。”泰勒推开了一扇写着“员工室”的房门。

他们在房间里发现了几个起隔挡作用的小储物柜，旁边摆着几把长椅。在储物柜的后面，他们看见了四个淋浴间，还有卫生间和盥洗池。

“这正是我想要的！”泰勒欣喜若狂地放下科迪和背包，冲进了一间卫生间。

就在泰勒忙活的时候，杰克打开了他们的背包，快速清点了一下背包里带的东西。

“你在做什么？”泰勒在卫生间里问。

“确认一下我们还有哪些东西，好决定下一步该怎么做。”

“那我们还有哪些东西？”

“让我瞧瞧……几罐豆子、瑞士军刀、几双袜子、手电筒、爸爸的日记，还有信……”

杰克听见了马桶冲水的声音，过了一会儿，卫生间的门开了。

泰勒说：“好了，我们还有一件非常重要的事。”

杰克抬头看着他：“哦？什么重要的事？”

泰勒咧嘴一笑，举起了一个白纸筒：“卷纸啊！”

杰克笑了起来，把卷纸塞进了泰勒的背包里：“好想法。来，我们去洗把脸。”

“我们还是洗个澡吧。”泰勒说，“你闻起来臭臭的呢，哥哥。”

杰克白了他一眼：“嘿，看谁在说话，快把人熏死了。”

“那就来吧。”泰勒说着，往淋浴间走了过去。

杰克拦住了他：“不行，泰勒。太危险了。我们还是在水池边洗洗就好了，然后离开这里。”

泰勒叹了一口气：“好吧。”

他们走到一排水池边，开始清洗身体。杰克脱下衬衫，搓起了胳肢窝，泰勒也跟着洗了起来。两人正在用纸巾擦干身体的时候，上面的一个扬声器里忽然发出了声音。孩子们停了下来，静静地听着。

“紧急播报，请注意。从奥马哈市发出的 661 次列车已经到达 14 号站台。请轮班的工程人员向总部报到。另外，所有铁路工作人员请留意，有两名离家出走的男孩，十岁左右，带着一只白褐色相间的小狗。据悉，这两名男孩从匹兹堡附近的迪尤肯火车站上车，目的地未知。两人并不具有危险性，但如果有人看到他们，请立刻报告。完毕。”

“他们说的是我们！”泰勒惊叹道。

杰克一把抓起衬衫，穿了起来：“好家伙，那么快。我们必须离开这里了——”

忽然，孩子们听见员工室另一头有开门声。

“快！”杰克小声说，“泰勒！科迪！到这儿来！”

杰克和泰勒钻进了一个淋浴间，科迪也急忙跟在他们身后跑了进去。杰克刚把浴帘拉好便听见脚步声越来越近。

泰勒紧张地看着杰克，他的手捂在了科迪的嘴上。

“好家伙，这趟轮班的活儿终于结束了。”他们听见一个低沉的男性声音在喃喃自语。

“你想得没错。我敢保证这些老掉牙的货车车厢有几个就要散架了。”

脚步声在距离淋浴间三米远的地方停住了，杰克听见密码锁扭动的声音，接着就听见锁开了。他看看泰勒，然后竖起一根手指，压在嘴唇上，生怕发出声音。

“嘿，”第一个声音说，“关于那两个离家出走的孩子，你是怎么想的？”

“好家伙，”第二个声音说，“幸亏他们不是我的孩子。即便他们没有被火车轮子轧断了腿，在外面没遇到流浪汉的毒打或抢劫也真算是走运了。”

“没错，”第一个人表示同意，“真希望铁路巡防员能在他们头脑发热之前就逮住他们。”

两扇金属门砰的一声关上了，然后孩子们听见那两个人离开了员工室。杰克长舒一口气，闭上了眼睛，身体放松下来。

“杰克！”泰勒低声喊道，“你听到他们说的话了吗？我们现在不能跳上另外一辆货运火车了吧？”

杰克摇摇头：“不行了。而且我们也不能再待在这儿了，走吧。”

孩子们溜出了这栋大楼，匆匆奔往一条经过火车站的熙熙攘攘的四车道马路。

“这边走。”杰克穿过马路，往西前进。

“我们去哪儿？”泰勒问。

“我不知道，”杰克回答，“我正在想，能不能找到一个长途汽车站，然后买票乘车去怀俄明州。”

“但是，杰克，”泰勒说，“如果火车站的人都知道了我们的事儿，你觉得汽车站的人会不知道吗？”

杰克神情紧张地瞥了他一眼：“也许吧……但我发现，我们没有其他选择了。我们不可能一路走到那儿去！”

两个孩子继续前行，能走多快便走多快，科迪一路小跑地跟在他们身后。杰克知道，他们不能一直在马路旁边溜达，所以，离开火车站大约一公里之后，听见身后传来汽车引擎的轰鸣声，他立刻高兴起来。他一转身，看见一辆公交巴士正朝着他们驶来。

“快！跑到前面的车站去。”杰克说。他们仨飞奔到一根柱子旁边，柱子上的公交站牌上用紫色和红色标着线路图。杰克看了看地图，发现这条公交线路可以带他们到汽车总站附近。在那里，他们有可能找到一辆长途汽车。

杰克朝着巴士挥挥手，汽车扑哧一声停住。车门打开了。孩子们用零钱付了车费，然后在巴士中间找了两个位置坐下。

“我们去哪儿？”泰勒小声问。

“离开火车站——我就知道这么多了。”杰克说，他的怀里抱着科迪。

“但我们要做什么呢？”

“我不知道，让我想想。”

然而，当这辆巴士轰隆隆地驶过芝加哥郊区时，杰克什么好办法也没有想到。“我们有许多现金。”他想，“但如果警察在找我们，那这些钱倒不如卷纸来得有用。”杰克仔细观察着路上一排排的仓库、路边的商业区和住宅区，希望能冒出一点儿想法来。他感觉离家非常远，离爸爸就更远了——无论他在哪里。

他叹了一口气，自我安慰：“没事儿。”

行驶了几公里后，这辆巴士穿过了一条繁忙的州际高速公路，那条公路有四条车道，来去两个方向都有车辆轰鸣。在立交桥的另一边，杰克忽然看见了一个货车休息站。他立刻伸手用力拉了一下座位旁边的绳子，请求停车。因为咕噜咕噜叫唤的肚子已经为他做了决定。

“丁零零。”铃声响了起来，司机换挡减速，巴士向前一倾，停了下来。

“我们干吗？”泰勒问。

“跟上。”杰克说着，站了起来，怀里还抱着科迪。

他和泰勒匆匆走到巴士的前端。司机说：“你们俩都想在这里下车吗？”

“是的，”杰克说，“我们两个，那个，已经跟别人约好了。”

巴士司机皱起了眉头："那好吧。路上当心点儿，下去吧。"

"谢谢。"杰克说着，从车上跳下来，走上了人行道。

杰克把科迪放下，朝货车休息站那边点了点头："我不知道往哪儿走，但我知道该吃午饭了。"

"这话可说对了！"泰勒大声说。他的肚子咕噜咕噜直叫。

他们匆匆走向货车休息站——那里是个形状不规则的区域，里面分布着二十几个油泵，中间还有一座大型建筑。孩子们一路经过了三十多辆货车，许多车都散发出柴油的味道，而这些车辆的驾驶员都去了中间的那栋建筑里。

"你最好和科迪在外面等着。"杰克对泰勒说。

"给我买些薯片——哦，还要一些花生酱夹心饼。"

杰克走进了那家商店，在货架之间快速走了一遍，往塑料购物篮里装了许多会让一名营养师望而却步的食品。他给泰勒拿了几包薯片和花生酱夹心饼，又拿了两大瓶可乐，还有一袋曲奇。他来到冷冻区，挑了一块切达干酪，一些熏肉肠，还有一夸脱牛奶，接着又往购物篮里扔进了一些牛肉干和一大袋什锦干果仁。最后，他抓了两罐狗粮给科迪，还有一些狗饼干，便提着购物篮去了收银台。

“这些东西够我们过上好一阵子了。”杰克想。

一个中年女人很不耐烦地结算了这些食物。

“要购物袋吗？”

“要，谢谢。”

女人似乎一脸不悦。她把所有东西从篮子里倒出来，装进了两个塑料袋里：“一共 39.72 美元。”

杰克递给她一张从布尔那儿拿的面额 100 的钞票。

看见这张大面额的钞票，女收银员看了看杰克，又看了看那张钱。她把钞票对着光源，看了看水印和防伪标志，然后拿起一支马克笔，在钞票上画了一下。杰克开始觉得有点紧张了。他用手拍拍大腿，再看看窗外，装作一副若无其事的样子。

她怎么花了那么长时间？

这位收银员有些犹豫，她的手悬停在收银柜的抽屉上。“你才多大点儿的孩子，干吗口袋里揣着 100 美元的大钞到处走呢？”她看了杰克一眼，问道。

“这是，那个，生日礼物。”杰克回答，言辞有些闪烁。

女收银员打量了一下杰克，见他穿着一件脏兮兮的衬衫，头发也乱糟糟的。“生日礼物，是吗？更像是偷来的吧。也许我应该报警，让你跟警察确认一下你刚才说过的话。”

“什么？”杰克脱口而出，如果警察也卷了进来，他和泰勒就完了，他们肯定会坐上头一班车返回匹兹堡……还会再见到布尔。“别这样啊——那就是我的全部，我发誓！”

“是或不是，我们也许很快就能知道。”女人说着，拿起了电话。

第九章

杰克的声音忽然变得很凄楚。“求您了——”他说，但他还没来得及说完，另一个声音就从身后响起。

“喂，帕姆。你就放了这个孩子吧，好吗？”

杰克回头，看见一个中年的金发女人站在他身边。她身穿牛仔服，头戴一顶卡车司机帽，手臂的肌肉鼓鼓地撑着T恤衫的袖子，T恤衫上印着“长途货运”几个字，还配了一幅画，画的是一辆疾驰的卡车，车尾还喷着尾气。

“哟，是你啊，沙伦。我只是想确认这个孩子没招惹什么麻烦。”收银员帕姆回答。

“即便他没做什么，你也要给他招惹一些麻烦，对吗？”卡车司机沙伦回答，“我得说，自从你离婚后，脾气就比一只狂暴的负鼠还要坏了。”

帕姆狠狠瞪了她一眼：“这事儿与你无关，沙伦。我得小心看着，不能惹出什么乱子来。”

沙伦走到了杰克身前：“那我大概也得小心看着吧，要和其他开车的伙计们说说，别在这个乌七八糟的烂地方休息了。要加油可以去罗迪的卡车休息站，往回开两个出口就到了，对吧？”

帕姆脸色阴沉，她脑袋里的齿轮正咔嗒咔嗒地转着。“好吧，”她终于把这张 100 美元的钞票塞进了收银机，然后啪的一下把找给杰克的零钱放在了柜台上，“但你听好了，小子，别再让我见到你，懂了吗？”

杰克没有回答，一把抓起钱，匆匆走了出去，走到了附近的一把长椅旁边，泰勒和科迪正在那里等他。

泰勒从杰克手里接过一个塑料袋：“你买了些什么？”

“我快把整个商店都买下来了，但我们最好别继续待在这儿了。”

“我得先吃点东西。”泰勒说着，撕开了薯片的包装袋。

杰克叹了一口气：“好吧，但是得快点儿。”

杰克给科迪开了两罐狗粮放在了地上。然后，他便跟泰勒一起吃起了那堆垃圾食品。杰克也没想到自己会有那么饿。吃了半块奶酪、半包薯片，又喝了半盒牛奶后，他开始咬一片牛肉干。

“我应该多买一些。”杰克说。

“那就回去多买点儿吧。”泰勒说。他的嘴里塞满了奶酪和薯片。

“嗯，我也想，但是——”杰克正要说起那个招人讨厌的收银员，忽然看见卡车司机沙伦走了出来。她看见了孩子们和科迪，便走过来对他们咧嘴一笑。

“每顿饭都是大餐啊，对吗？”

杰克虽然没大听懂这个笑话，但他和泰勒都略有保留地笑了笑。杰克说：“是的。谢谢你刚才帮了我。”

“你说什么？”泰勒问，“刚才出了什么事？”

“哦，只是一点儿小纷争，”沙伦解释，“没事儿。你们看上去很需要一个朋友。”

杰克没有回应，于是沙伦蹲下来，摸了摸科迪：“不错的小狗啊。它叫什么名字？”

“科迪，”泰勒回答，“它是全世界最好的狗。”

沙伦笑了起来：“我能看出来，它也饿了吧。”

“我们一直都没吃东西，已经——”泰勒正要说时，杰克用胳膊肘捅了捅他。

“嗷！你干吗要——”刚说到这儿，泰勒忽然明白了。

“别担心，小伙伴们，”沙伦说着重新站了起来，“不管你们遇到了什么麻烦，我都不会丢下你们不管的。我才不搭理那些多管闲事的人呢，因为我知道，有时候，人们只不过需要一点儿帮助。说到帮助，我还能为你们做点什么吗？一会儿我就要出发了。”

泰勒和杰克彼此看了一眼。他俩都非常清楚，眼前的机会很难得。

“你是卡车司机吗？”杰克问。

“正是。”沙伦回答，“开着南达科他州沃尔市这边最好的重卡。”

“那么，”杰克说，“我们想搭个顺风车。”

沙伦交换了一下两只脚的重心：“你们俩想去哪儿？”

杰克正要编个地方，泰勒却已经不假思索地脱口而出：“怀俄明州！去找我们的爸爸。”

沙伦的脸上闪过一丝惊讶：“怀俄明州？那可得走很久的高速公路啊。你们的妈妈知道你们在哪儿吗？知道你们要去哪儿吗？”

这一次，杰克又没来得及阻止，只听泰勒说：“妈妈住院了，而她那个讨厌的男朋友布尔回来了，他把我们弄得一团糟，所以，我们要去那儿。”

沙伦深吸了一口气，脸上的惊讶已经变成了忧虑。她没有再问孩子们更多的细节，转而只问了一句：“你们多大了？”

“十六岁和十五岁。”杰克回答，他挺直了身体，展示着自己最大的高度。他当然长得够高，正如桑切斯太太说的，高得像根竹竿，但泰勒却露了馅儿。

沙伦扬了扬眉毛：“十六岁，是吗？那怎么会是个小不点儿？”她转头看着泰勒。

“嘿！”泰勒抗议，“我不是小不点儿，我知道怎样照顾自己……”

泰勒抬起头，定定地看着沙伦。如果有什么不同的话，正是他眼神中的坚定，让他看起来比实际年龄更成熟老练。和布尔共同生活的一个好处是，能快速学到生活中的深刻教训。

沙伦的嘴角露出了一个狡黠的笑：“你们要去怀俄明州的什么地方？”

“什么地方都行。”杰克说。

沙伦站在那儿，两手的大拇指插在牛仔裤的口袋里，眼睛定定地看着远处停车场里成排的卡车。她沉默了一会儿，但很快视线又回到了孩子们身上。

“好吧，”她说，“你们走运了。我正要去内华达州的里诺市，路上会经过怀俄明州南部。”

“那太棒了！”泰勒喊了起来。

“没错，但如果被我的老板发现，我竟然捎带了两个离家出走的孩子，那我就束手无策了。”

“我们不会告诉任何人的，真的！”泰勒说。

沙伦仔细打量了他们一番：“嗯，我相信你们不会。但要知道，我这样做只是为了避免你们被某些歹徒拐走。拿上你们的东西，我们动身吧。”

科迪跟在后面，他们走过了平坦的沥青路面，来到一辆十八个轮子的大卡车旁。

“这是你的车吗？”泰勒惊叹地问。

“是的。很棒的一辆车，对吗？”

杰克也同样印象深刻。这辆全金属的拖车并不特别，但彼得比尔特牌卡车的驾驶室泛着青绿色，还带有几根巨大的、笔直地朝向天空的镀铬排气管。

“能在里面睡觉吗？”杰克问。

“那当然。爬进去吧，我带你们看看。”

泰勒把科迪抱进了驾驶室，然后他们也跟着爬了进去。沙伦给他们看了驾驶室里一些花里胡哨的东西，包括一张宽大的床、一台迷你冰箱、一张桌子和一台电视机。

“哇，这里可以住人！”泰勒说。

沙伦笑了起来：“相信我，大多数时候我都住在里面。我为它省吃俭用了三年，现在终于如愿以偿了，可以为下一项计划存钱了。”

“什么计划？”杰克问。

“哦，以后再告诉你们。咱们该上路了。谁想坐在前排？”

“我！”泰勒喊起来，蹦到了前排的客座上。沙伦放下一张小长椅给科迪坐着，而杰克就坐在床上，那张床在主驾驶室后面几个台阶高的地方。他从那儿能看见前面挡风玻璃外的景色，也能从旁边的窗户看见外面。

沙伦开动了这辆卡车，泰勒和杰克都惊奇地看着她挂挡上路。

“这辆车有多少个挡位呢？”杰克问沙伦。她正往 88 号州际公路西的方向开。

“你可以买到不同的数量的，但我买的是 15 挡变速箱。”

“15 挡！”泰勒惊叹。

“没错，而且每个都会用到。好了，这会儿先别说话，我要在车流中找路出去。”

从卡车休息站向西行驶，沙伦上了州际公路。起初，窗外都是芝加哥的景色，没完没了。前行了一个多小时，他们始终穿梭在一片片郊野与商业区之间。终于，这座无处不在的城市开始退让于农田，这是几天以来，也许是几周以来，杰克第一次长舒了一口气。匹兹堡和布尔似乎已经离他很遥远了，而他似乎正在奔往某个只在书里读到过的地方。

沙伦打开收音机，调出乡村音乐台，随后，她和泰勒开始在前面轻松愉快地聊起天来。杰克一直听着弟弟说话，没再阻止或打断，窗外不断变换的风景深深地吸引着他。

又过了一个小时，沙伦大喊起来：“密西西比河到了！”

“真的吗？”杰克惊叫着前倾了身子。

“你们之前没有见过它吗？”沙伦反问。

“隔得远着呢。”泰勒回答说。

“来吧，我们要庆祝一下！”沙伦伸手去拉扯一根从驾驶室顶部垂下来的细链条。车喇叭发出了一连串深长的巨响。

孩子们大笑起来，然而，当车开到伊利诺伊州与艾奥瓦州之间的那座大桥上时，他们不由得倒抽了一口气。

“密西西比河竟然比我们家乡的俄亥俄河还要宽！”泰勒惊叹。

“瞧啊！”杰克指着天空，“我没看错吧？”

“那还用说！”沙伦回答，“一只秃鹰！”

这只鹰飞到大桥上面，从他们的卡车前经过，然后继续在河流上方盘旋，寻找着食物。

*

在艾奥瓦州的达文波特市，88 号公路汇入了 80 号州际公路，这条路继续横跨艾奥瓦州。等到他们经过艾奥瓦州首府得梅因时，太阳已渐渐西沉，像个橘红色的火球一样，挂在西方的地平线上。杰克无法相信这片土地有这么广袤辽阔。农田一望无际，地里不时能见到几座银色的谷仓和几个畜棚。

“我打赌，无论从哪个方向我都能一眼看到八十公里外。”杰克想。

等到沙伦把车停入奥马哈市外一座休息站准备吃晚餐

时，天已经黑了。休息站的小楼顶上挂着绿色的霓虹灯，“旅行者客栈”几个字正一闪一闪的。

“这顿我请。”沙伦对孩子们说，他们一路走进了这栋楼，在餐厅里找了个位置坐下。

一位女招待端着水和菜单走了过来：“嘿，沙伦。你今晚带了两个小伙伴来啊。”

“当然。”沙伦对她眨了眨眼，“但我们把这事儿保密好吗？我不想让他们的夫人发现咯。”

孩子们和女招待都笑了起来。

“你们已经想好吃什么了吗？”女招待问。

“我想吃一个——”泰勒正要说，沙伦忽然打断了他。

“我们都要特制的烘肉卷，多加点黄油煎土豆和嫩菜豆。孩子们每人再要一杯牛奶，我要咖啡。”

“很快就送来。”女招待说，她合上手里的点单簿便走开了。

“很抱歉，泰勒，”沙伦说，“我实在忍不住，必须让你尝尝烘肉卷。这里的烘肉卷是得梅因市这边最好吃的。”

“但刚才的路牌上写着离得梅因市有 160 公里远呢。”泰勒有些疑惑。

沙伦朝他咧嘴一笑："你很快就知道了。"

大家等候晚餐时，杰克问："那个女招待怎么认识你？你经常开车来这儿吗？"

"每个月至少来一次。我的朋友遍布这条州际高速公路。"

"驾驶卡车的感觉一定很酷。"泰勒说。

沙伦的蓝眼睛似乎失神了一会儿，很快她又炯炯有神地看着孩子们了。"和别的事情一样，有好有坏。有时候，什么都比不上开车在无边无际的高速公路上奔驰的感觉，窗外是看不尽的风景，又没有人可以管着你。"

杰克能从沙伦的声音里听出来，她并没有把话说全。

"你有家在什么地方吗，还是一直都一个人开车呢？"他问。

沙伦喝了一小口咖啡，然后在杯托上慢慢地转动着杯子，说道："有家。两个孩子。有个女儿跟你差不多大，杰克。另外还有一个男孩，小两岁。"

"他们在哪儿？你会把他们带在身边吗？"泰勒问。

沙伦皱了皱眉："没。实际上，我一年只能见他们几次，而且还要有个合法的监护人在场。"

"什么？"泰勒和杰克面面相觑。

“没错。”沙伦说，“虽然我现在生活过得很平常，但年轻的时候，我犯过一些错误。”

“什么错误？”杰克问。

“这个，”她说，“我很少对别人说，我沉迷过毒品，也酗过酒。”

“不会吧？！”泰勒惊呼，“你吗？”

沙伦点点头：“对。我以前最喜欢参加派对。很快我就没用毒品了，但那些坏人仍然在利用我。所以我告诉你，那是一条黑暗的不归路。后来，我被抓住了，进了监狱。”

“不会吧？！”杰克惊得下巴都快要掉了。

沙伦一直盯着她的咖啡杯：“进过，而且很多次。法院的人带走了我的孩子，然后把我送进了州立监狱，在里面关了两年。但在监狱里，我仍然无恶不作，直到后来有了信仰才洗心革面。”

“那你是什么时候出来的呢？”杰克问。

“五年前。”

“他们一直没有把孩子还给你吗？”

“没有，他们被寄养在一户人家中。但我正在存钱，准备请个好律师，那样我们很快又可以是一家人了。”

忽然，杰克意识到了沙伦为什么对他们那么好，还处处帮着他和泰勒。他从来没有想过，父母思念孩子会是怎样的，对他而言，情况一直是颠倒过来的。

沙伦抹去了眼里含着的泪水，三个人静静地坐了一会儿。然后，女招待端着他们的晚餐走了过来。

“我要开始吃了！”泰勒说着拿起了他的餐叉。

“别急，年轻人。”沙伦对他说，“我们不能因为在卡车休息站里就吃得像个野蛮人。先把你们的餐巾铺在腿上吧。”

杰克和泰勒照做了，杰克想到他们已经离家千里，想到能找到一个愿意帮助而不是阻挡他们的成年人，有多么幸运。

“来，让我们一起品尝这块烘肉卷吧。”沙伦说，“明天我们还得在路上跑很久呢——所以，我打算睡个好觉，然后早点上路！”

第十章

沙伦没有开玩笑。

那天晚上，她在内布拉斯加州的北普拉特市外给孩子们订了一间汽车旅馆的房间，自己却睡在了卡车里。杰克感觉头还没挨上枕头就听见了一阵响亮的敲门声。他坐起身，心怦怦直跳。他晕乎乎地感觉似乎又回到了匹兹堡，似乎是布尔要闯进来。接着，他认出了这是旅馆的房间，于是匆忙跑到门边，科迪紧跟在他脚后。

“是谁？”他低声问。

“是我，杰克。”

他开了门，看见沙伦笑盈盈地站在那儿，手里拿着一杯咖啡。她穿了一件新 T 恤衫，上面写着：“糟糕的态度正如一个泄了气的轮胎，你不把它换了就哪儿也去不了。”杰克忍不住笑了起来。

“该启动你们的马达了，孩子们。”沙伦说，“我们还有很长的路要走呢。十五分钟后去卡车那儿找我吧。”

杰克只好给泰勒泼水把他叫醒，然后他们洗了澡，穿上衣服，摇摇晃晃地走出来，发现沙伦正在检查那辆十八轮卡车的轮胎。他们三人跳进了驾驶室，开车又上了州际高速公路，此时一轮金色的太阳刚刚爬上地平线。孩子们狼吞虎咽地喝了点酸奶，又吃了点他们在沙伦的迷你冰箱里找到的百吉饼和芝士。

“我们今天可以到怀俄明州吗？”泰勒问沙伦。

“过两个小时应该就到那儿了。”

泰勒转了个身：“听见了吗，杰克？我们两个小时后就到大提顿了！”

“喂，小伙子！我可没说那句话。”沙伦说，“我说，我们两个小时后就到怀俄明州了。怀俄明是个大州。如果你要去大提顿，我觉得最佳的下车地点在罗克斯普林斯。你们可以从那儿出发，往北边走。”

“要走多远？”杰克问。

“大约再走三个小时吧。”

沙伦踩了一脚油门：“我希望能亲自带你们过去，但这次的货我已经送晚了。如果不能按时赶到里诺市，我的酬劳就没了。”

“没事儿，”杰克说，“我们会有办法的。”

沙伦一边开车一边与泰勒聊天，这时，杰克拿出了爸爸的日记和书信，翻找着有用的线索。他研究了那张绘有湖泊的地图，那里有瀑布直落入湖中，或是湖边，具体他也无法确定。

“远眺麋鹿之颈的另一边。”他又读了一遍。那是什么意思呢？

杰克摇了摇头，他第一次开始怀疑，不知道离开匹兹堡的决定是不是对的。

“找爸爸这件事简直有点疯狂。”他想，“在这片广袤的荒野中，我们怎样去找他呢？妈妈又怎么办？也许我们应该和她待在一起，布尔也许不会来骚扰我们，社工也许不会把我们分开。”

但杰克并非真的相信这些——只要布尔在身边，他就无法肯定自己和泰勒不会遇到危险。现在，唯一能帮助他们的人，只有他们的爸爸了。“万一找不到他呢？万一我们确实找到他了呢？我要说些什么？我会不会连认都认不出来？我们能赶在警察阻止我们并让事情变复杂之前找到他吗？”

这时，一声巨响把他拉回了现实。

“快醒醒，贪睡的小懒猪！”沙伦说，“我们到罗克斯普林斯了。”

“啊？到了吗？”杰克从卡车驾驶室的床上坐起身，看见窗外有另一个卡车休息站，远处是一座小镇和连绵的群山。他看了看泰勒，弟弟刚才在前排副驾驶的座位上睡着了，这会儿正在打哈欠、揉眼睛呢。

“把东西都拿好。”杰克告诉弟弟。

泰勒往下走了几步，来到这辆卡车的“客厅”里。他们又确认了一遍，没有东西从背包里漏出来。然后，他们和科迪一起跳下了卡车。

沙伦从卡车另一边绕到前方和他们碰面。

“好了，”杰克对沙伦说，“谢谢你送了我们一程。”

“谢谢你为我们做的一切，”泰勒补充道，“坐在你的卡车里感觉太酷了。”

杰克想象不到，在那么短的时间里，他们还能有什么其他办法来到这么远的地方——坐在卡车里比坐在又脏又冷的货运火车里强了上千倍。

“说真的，我喜欢有你们陪伴。”沙伦说，但她很快露出了担忧的神情。

“怎么了？”杰克问她。

沙伦犹豫了一下，然后说道：“听着，孩子们。我一直在想这件事，但我想得越多，就越觉得你们不应该自己去找爸爸——即便你们带了一只忠诚的守护犬在身边。”

杰克低头看了看科迪，小狗摇了摇尾巴，刚准备动一动，却转头看向了沙伦。

“你们的妈妈肯定为你们急坏了。”沙伦继续说道，“如果你们真的不放心她的男朋友——叫什么来着，布尔？——那么，我想，你们可以搭我的车，一起去里诺市，然后，我们可以跟社工取得联系。”

“不要！”杰克大喊着，立刻心生戒备。他曾以为沙伦是站在他们这边的，但现在，她却说要让社工来管这件事，“跟上，泰勒，我们该走了。”

泰勒游移不定地看看沙伦，又看看杰克。

“嘿，别曲解了我的意思。”沙伦对他们说，“只是有这个想法而已。你可能看起来大一点儿，但我知道，你们两个孩子都没有到十六岁呢。”

“我们已经十六岁了。”杰克努力控制着声音里的颤抖。他知道沙伦只是想照顾他们，但他不能让任何其他人卷进来，他们必须自己找到爸爸。

“我的意思是，外面有许多坏家伙——那些人会想方设法地利用两个离家出走的孩子，不管他们是多大年纪。我只是想尽己所能地帮助你们。”

“谢谢你。你真的已经帮了我们很多了。我是真心感谢你的好意，但……但我们能照顾自己。”

沙伦没有放弃：“杰克、泰勒，如果你们是我的孩子，又离家出走的话，我真的希望有人能帮助你们。”

“我们不需要其他帮助了。”杰克再次说道，语气更加坚定了。“来吧，泰勒，”他抓住了弟弟的胳膊，“我们离开这儿。”

孩子们和科迪立刻朝那个卡车休息站走了过去。泰勒转头匆匆说了句“再见”。

“杰克、泰勒，”沙伦在身后喊着他们，“我们不能再谈谈吗？”

沙伦跟着他们走了几步，但是看见杰克回头恐惧地看了她一眼之后便停下了脚步。

“跟上，快点儿！”他对泰勒说，“我们不能一直待在这里。”

“你觉得沙伦会报警吗？”

“我不知道——我也不想知道。”

杰克抱着科迪，带着泰勒一起，走进了卡车休息站。他们钻进了休息室里。杰克洗澡时，从浴室的镜子里看了看自己，又看了看弟弟。他们昨晚在汽车旅馆里洗过澡了，但衣服都是脏兮兮的。

“好家伙，脏成这样，没有人会让我们搭车的。”

“我们现在该做什么，杰克？”

“我不——”

这时，浴室的门打开了，走进来四个人。

杰克的心忽然一沉，想着是不是沙伦让这几个人来找他们的。很快，他看见这几个人都穿着相似的短裤和夏威夷风格的花衬衫，还有一副墨镜挂在脖子上，或塞在衬衣口袋里。

“游客！”杰克暗想。他忽然有了个好主意。

“跟着我。”他轻声对泰勒说。

游客们往浴室走时都好奇地看了看科迪和孩子们。孩子们看了看外面休息站的小卖部，确认沙伦没有在那儿等着他们。

“一切正常。”杰克低声说。

孩子们再次来到外面。他们又停了一会儿，等着杰克查看停车场。

“你在找什么？”泰勒问他。

杰克忽然咧嘴一笑。“看！”他仰头示意了一下。

泰勒沿着杰克的视线，看见有一辆巴士停在空地的那一边。来自各个区域的公交巴士排成了一排，窗户上贴着不同的目的地。杰克一路看过去，终于找到了他想要的那一辆，于是把车指给了泰勒。

“看前面的标牌，”泰勒惊叹道，“这辆车要去大提顿国家公园！”

这辆公交车是观光巴士，最后几名乘客正下车去活动一下双腿。

“我们必须想办法上那辆车，”泰勒小声说，“它可以把我们直接送到公园！”

杰克的心又怦怦地跳了起来，但他的笑容有些收敛了。

“他们绝不会让我们这样上车的，”他对泰勒说，“看看你的衣服。”

“也许我们可以买张票。”泰勒说。

“或许，我们也可以不需要票……我有个主意。”

杰克带着泰勒和科迪离开了原地。

“我们去哪儿？”泰勒问。

“嘘。你很快就知道了。”

孩子们和科迪走过几辆十八轮的大卡车，绕到了这辆巴士的后面。杰克趴在一辆卡车的拖车后面，偷偷看着这辆巴士。所有的乘客似乎都下车去了休息站，但他不知道巴士司机是否还在车上。很快，他看见一个穿着灰制服的男人走了下来，他正在一边打电话，一边朝休息站的大楼走去。

“跟上，快！”杰克说。

孩子们跑到巴士旁边，杰克抬起底盘上一个大行李舱的门闩。第一个行李舱锁住了，但第二个行李舱“咯吱”一声便打开了。

“我们要进去吗？”泰勒问。

“沙伦说，去大提顿只需要三个小时。”杰克说，“我们应该没问题的。”

“万一我们被困住了怎么办？”泰勒问。

“不会的！”杰克不耐烦地回答，“快进去！”

泰勒疑惑地看了看，然后爬过几个行李箱，待在了行李舱后部一个空着的地方[①]。

“科迪，来！”泰勒喊了一声，小猎犬跟在他身后跳上了车。

杰克把背包扔给泰勒，然后爬了进去，待在一个行李

① 小说情节，具有危险性，请勿模仿。——编者

袋的上面。他最后看了一眼，确认没有人看见他们，于是伸手从边缘用力地把行李舱的门拉了下来。门砰的一声关上了，把他们锁进了黑暗中。

*

这个黑漆漆的全封闭空间让杰克不寒而栗——这儿与沙伦的卡车里大不一样。沉重的柴油马达嗡嗡作响，而且巴士开动时，周围颠簸得十分厉害，让他们在黑暗中上下抖动。

“把手电筒从你的背包里拿出来。”杰克说。

杰克听见泰勒窸窸窣窣地掏东西的声音，不一会儿，一道微弱的黄色光线照亮了行李舱。孩子们正在去大提顿国家公园的路上，但这趟旅程并不舒适，行李舱中不仅漆黑一片，而且很快就变得像个热气腾腾的桑拿房了。

“我很渴。”泰勒说。

“我也是，”杰克对他说，“你给水杯里装水了吗？”

“没有……”

“我也没有。”

“第一条生存法则，”杰克暗暗责备自己，“就是永远确保我们的水瓶里是装满水的。”

“我们得在行李中找找了。”杰克说。

杰克知道偷东西不对，但这会儿，他发现自己并没有多少选择。他的前额已经冒出了豆大的汗珠，而且肚子也开始不舒服了。他估计泰勒也是一样的感觉。

孩子们开始翻找周围的行李。在一个箱子里，杰克找到了一张怀俄明州的地图，顺手塞进了自己的背包里，但他们现在真正需要的是水，也许还需要些食物。

“这里什么都没有。”泰勒说着，关上了一个大塑料行李箱，但手还抓在箱子上以保持平衡。舱里太热了，东西又太多，他开始觉得昏昏沉沉。

“这儿也没有。”杰克说完，挪到了另一个行李包旁边，这时候，泰勒忽然大喊了一声。

“找到了！”泰勒欢呼起来。

杰克看见弟弟从一个蓝黑色的大背包里抽出了四条格兰诺拉麦片饼，还有一袋混合干果。

杰克咧嘴一笑：“不错。”

然后，泰勒笑得更得意了。他掏出两瓶没打开过的塑料瓶装水，兴奋地说：“中大奖喽！”

孩子们拧开瓶盖，开始咕噜咕噜地大口喝水，就像他们是在沙漠里似的。泰勒拆开了一条格兰诺拉麦片饼，问：“来一块吗，杰克？”

“哦，待会儿吧。”喝水确实有帮助，但杰克仍然觉得想吐，因为巴士一路上颠簸得太厉害了。

旅程似乎没完没了，时间拖得越长，孩子们就越着急。泰勒的问题更是给杰克火上浇油。

“杰克，如果这趟车上的标牌写错了怎么办？如果这趟车根本就不是去大提顿的怎么办？有可能它只是从大提顿来的，而我们最后到了墨西哥之类的地方呢？”

“泰勒，这趟巴士不是去墨西哥的。”

“但如果是该怎么办？那么，我们就得穿过沙漠，我们会被活生生地烤熟的！还有，如果我们在巴士停车之前就缺氧了又该怎么办呢？”

“泰勒——”杰克有些恼怒了，但他还没来得及继续，这辆巴士就开始缓缓减速了。

“发生什么事了？”泰勒问。

“肯定在停车。瞧，我告诉过你，我们不会去墨西哥的！”杰克笑了。泰勒只是转了转眼睛，然后拉上了背包的拉链。这辆大车“扑哧”一声停了下来。

“我们在哪儿？”泰勒轻声问。

“我不知道，但无论在哪儿，我们得立刻出去——司机打开门看见我们肯定不会高兴的！”杰克回答。

孩子们抓起背包，听着头顶的脚步声，准备好随时移动。他们匍匐着，做好了准备，听见外面传来嗡嗡的说话声。忽然，行李舱的门呼哧一声弹了起来，打开了。孩子们如饥似渴地呼吸着新鲜空气，用手挡住了照进来的强光。科迪汪汪地叫了起来，跳出了这辆巴士。

“什么东——？”一个男人惊呼起来。巴士司机和几名受了惊吓的乘客站在外面直愣愣地看着他们。

杰克和泰勒并没有停下来解释一番。“谢谢您的这趟车，先生！”泰勒咧嘴一笑，“我们到大提顿了吗？”

司机终于缓过神来，开口说道：“是的，我们在大提顿，你们是谁？你们在那里面干吗呢？”

“很抱歉，我们不能逗留！”杰克气喘吁吁地说，他从车里跳了出来，推开惊讶的乘客。孩子们一溜烟儿地跑了，司机这时候才想到要去拦住他们。

“嘿，你们俩！给我回来！”他大喊。

但孩子们听而不闻。在穿过这片停车场时，杰克看见了一条路，还有路边的一排树。他暗想：“这里就是我们的目的地了。”

“这边走，泰勒。快！”

第十一章

杰克终于放慢了脚步，停了下来。他的胸口还在剧烈起伏，他气喘吁吁地说：“等等，泰勒。我想他们没在追我们，可以停下来了。”

他们看了看身后，并没有发现树丛中有巴士司机的身影。冲在前面的科迪停了下来，转身小跑着回来了。它歪着脑袋，似乎在说：“你们为什么不跑了呢？跑起来多有趣呀！”

“你看见那家伙的表情了吗？”泰勒哈哈大笑地问杰克。

“看见了！他就像瞧见了一个幽灵似的——不，是两个！”

孩子们从一片山杨树丛走出，来到阳光明媚的草地上。前方就是长满了鼠尾草和野草的山坡，山坡后面耸立着雄伟壮丽的大提顿雪山。

“哇！”泰勒惊叹起来，“杰克，你以前见过那样的山吗？”

杰克深深呼吸了一下带着鼠尾草气息的空气，仔细看了看眼前的山峰，它看上去难以置信地崎岖高耸。“只在书里看过。”他把一切尽收眼底后回答道。

就在这时，孩子们闻到了营火的烟味儿。泰勒的肚子开始咕咕叫了：“哎呀，好家伙。我闻到了有人在做好吃的。我们过去看看吧。”

泰勒开始往香味飘来的方向走，但哥哥拦住了他：“我们不能引人注意。你不会想让人举报我们，然后把我们送回给布尔吧？”

一丝恐惧从泰勒的脸上闪过，杰克有些后悔又提起了妈妈的男友。“来这儿，”他对弟弟说，“让我们看看这是在哪儿。”

他们扑通一下在附近一块大石头上坐了下来。杰克拿出了爸爸的信，而泰勒则打开了他们在巴士的行李舱中找到的那张怀俄明州的地图。这张地图并没有显示太多能真正帮助他们的细节，但泰勒发现有一张大提顿山和黄石国家公园的放大图。

杰克说："爸爸在这儿写了点儿东西，什么看见北极光啦，还有把灵感抛在身后。"

"是吗？什么是灵感？"泰勒问，"北极光又是什么？"

"那个，"杰克瞎掰了起来，"灵感就是某种，你知道，让你很受激励的东西。"

"你是说，就像猛出汗那样吗？"

尽管又累又饿，杰克还是大笑起来："不，那得说大汗淋漓。"

泰勒也笑了。

"灵感是指，有些事情让你感到振奋，"杰克解释道，"让你想做得更好。"

"或成为更好的人。"

杰克点点头："是的。但我不知道北极光是什么。听起来很耳熟，但……"

"这封信上还说了什么？"泰勒问。

"还有，就是眺望麋鹿之颈的另一边，但并没有告诉我们走哪条路。"

"看，"泰勒指着他们的新地图说，"这里有个地方叫作灵感台，就在珍妮湖旁边。你觉得他所说的把灵感抛在身后是不是就指的这儿？”

杰克顺着泰勒的手指看去，感觉有些心跳加速：“很有可能。我们就往那儿走吧。从地图上看，那个地方在我们的北边。你拿了指南针吗？”

泰勒从背包里拿出指南针。两个孩子去年参加夏令营时学过，都知道怎样使用指南针。泰勒很快就找到了正确的方向：“这边走。”

“好的，我们先离这条路远点儿，然后再往北走。”

科迪并不需要有人对它说第二遍。它冲进了鼠尾草丛中，孩子们也跟着它一起动身了。

他们沿着动物的足迹——孩子们并不知道是哪种动物的——向西北方行进了大约两公里。十五分钟后，他们惊扰了一只长耳大野兔，它立起身体，抽抽鼻子，看着他们。

“杰克！”泰勒大喊，然而，声音一喊出口，这只野兔便吓得撒开强壮的长腿，一溜烟儿地蹦走了。科迪跟了上去。

“给我们带点晚餐回来，科迪！”泰勒大喊，但是，科迪不一会儿就跑了回来——嘴里却没有咬着兔子。

“好吧，我想我们知道灌木丛中的这些脚印都是哪儿来的了。”杰克哈哈大笑起来。

又走了大约两公里，他们横穿了一条山道，然后右转，顺着这条路一直向北，往塔格特湖的方向走去。虽然大提顿山陡峭地耸立在他们左边两三公里处，但这条小径只连绵起伏地穿过漫山遍野都是鼠尾草的乡野。有时候，这条小路会转个弯穿过黑松林或山杨树林，但很快又会回到鼠尾草丛中。不久，孩子们看见有背包客正向他们走来。

杰克转动着眼睛，四下搜索藏身之处，但在这片鼠尾草丛中，无处可以藏身。

“我们怎么办？”泰勒小声问。

“你自然点儿就行了，我来说话。”杰克对他说。

科迪一溜烟儿跑到前面去迎接背包客，走来的是一个男人和一个女人，他们身后都背了个沉甸甸的包。女人停了下来，拍拍科迪，直到杰克和泰勒走了过去。

“不好意思，”杰克说，“它很亲人。”

“太可爱了！”女人的声音很温柔。科迪在亲昵中汪汪地叫了两声。

“小家伙们，你们怎么样？”男人上前问候。这两个人看着像是大学生，要么年纪更大一些。

“很好。”杰克回答。“你们呢？”他不想聊太久，但觉得还是得客套地问问。

“我们好极了。”男人回答。他向高耸的大提顿山峰挥了挥手，然后问道：“在这样的日子里，谁会不好呢？你们是第一次来这儿吗？”

“嗯，是的。”杰克说。

“我们也是。”

“这是我们到过的最美的地方。”女人补充说，她重新站了起来，“你们是自己来这儿的吗？”

杰克和泰勒迅速对视了一眼。

“哦，那个，爸爸妈妈就在这条路的尽头等着我们呢。”

男人点了点头：“好，路上小心。护林员说，他们在附近看见过灰熊。”

“真的吗？”泰勒问，兴奋的声音里带着一丝恐惧。

“听说如此。你们有防熊喷剂吗？”

“就在我的背包里。”杰克撒了个谎。

“哦，你们最好拿出来挂在皮带上。”男人说，“如果你们看见了熊，根本没时间再去把这东西拿出来。”

“好的。谢谢。”

孩子们向两人道了别，然后继续上路。等走到他们听不见那两人的脚步声的地方后，杰克深深地叹了一口气：“好家伙，我不喜欢那样。他们问了许多问题。”

“那熊是怎么回事呢？”泰勒问，声音里带着点害怕的感觉，“我不喜欢听到关于熊的事！”

“我们必须特别小心，现在是在野外。”杰克说，“外面有些野生动物比布尔还可怕！”

经过布兰德利湖时，他们决定研究一下宝贵的食物储备怎么分配。杰克选了一听金枪鱼罐头，但他们把吃的分给科迪时，只觉得更饿了。在背包里又找了一通之后，杰克发现了一个更糟糕的问题。

“啊哦。”

“怎么了？”泰勒问。

“我想，我没水喝了。”杰克回答。

“没事儿，我的分给你。”泰勒说着，把自己的那瓶水递给了杰克。

杰克对弟弟笑了笑：“谢谢，但这瓶水也喝不了多久。”

泰勒笑着指向布兰德利湖：“但那边有水啊。”

“没错，不过可能很脏——我们可不能生病什么的！”

泰勒点点头：“那我们怎么办呢？我看附近也没有可以喝的泉水什么的。”

“你还记得吗？”杰克说，“在夏令营里，他们教过我们，要把水烧开才安全。或者，把那些小药丸扔进去，要么就用个过滤器。”

“但我们没有小药丸，也没有过滤器，不是吗？”

杰克摇摇头。

“那待会儿我们扎营时，可以把水烧开。”

杰克点点头：“没错。但在此之前，我们先来配给一点儿吃的吧。”

“没问题，”泰勒说，“我是半个骆驼了。”

“那样的话，你可以让我骑一骑吧！”杰克说着，假装要跳到泰勒的身上。

一阵玩笑之后，孩子们继续朝着布兰德利湖跋涉。这条路在湖边分了岔，左边一条通往山里，杰克很想跟着走进去，但他知道，他们并没有准备好翻山越岭。此外，那条小径会让他们偏离目的地珍妮湖。孩子们拐到了右边那条路上，又穿过了几片鼠尾草丛和草地。

一大片野花很快包围了他们。杰克从爸爸的日记中认出了许多花儿：白中带紫的羽扇豆花，洒满阳光的箭叶香根花，紫色的流星花和飞燕草，等等。

“这里真是五彩缤纷，”泰勒感叹道，“和我们在宾夕法尼亚的家完全不一样。”

“是啊，我能理解爸爸为什么想来这儿了。”

“真希望我还记得爸爸的样子。”泰勒说，“你觉得他会长什么样儿？”

“我也记不太清楚，”杰克承认，“他个儿很高，留着褐色的长胡子。他以前总是带着我们整天在宾夕法尼亚的森林里游荡，寻找各种鸟和蘑菇。他会把你抱起来坐在他的肩膀上，然后我们就出发了。”

“他是个好人吗？比布尔好吗？”

杰克嗤之以鼻：“一条鳄鱼都比布尔好得多。”

“我是认真的，杰克。”

“他是个好人。你会喜欢他的。”

杰克没有告诉弟弟他想起了那场争吵，想起为了钱和工作的事妈妈与爸爸如何声嘶力竭地大吼了一通，然后爸爸下决心离开家来西部。他也没有告诉泰勒爸爸终于离开他们的那一天，他的心就永远碎了。

“嘿，瞧啊！”泰勒喊了起来，打断了杰克的思绪。

远方，在大约一公里外的荒野上，似乎有一堆巨大的棕色石块。杰克正往那边看时，其中一块石头开始动了起来。

“野牛！”杰克大喊。

“真酷！”泰勒高声道。

科迪不太明白孩子们看见的是什么，却能感受到他们声音里的兴奋。它汪汪叫着，围着他们又蹦又跳，像一只马戏团里的动物。

杰克和泰勒大笑了起来。

“幸好那些野牛离得远，”泰勒说，“不然科迪就要吓得逃跑了。你想过我们会看见活生生的野牛吗？”

杰克摇摇头。“从来都没想到过。看看它们！太不可思议了，不是吗？”

两个孩子愣愣地站在那儿，看着这群正在吃草的庞大的哺乳动物。“来吧，”杰克说，“我们继续往前走，也许能看得清楚些。”

他们穿过茂盛的草丛，泰勒走在前面，一路欢声笑语。他们一点点地靠近远处那片黑压压的庞大的动物群。然而，当他们走近一小群正在奔跑的野牛时，泰勒忽然停下脚步，屏住了呼吸。

杰克差点儿撞上了他：“嘿！出了什么事？”

泰勒的手在颤抖，他指着地上。杰克睁圆了眼睛，因为他明白了泰勒在害怕什么。只见这条小路的中间卧着一条怒气腾腾的蛇，正对着他们吐信子。它发出嗞嗞的声音，随时可能扑上来！

第十二章

这条蛇张开下巴，露出了血盆大口。它的身体有三分之二盘绕成了一捆绳子，随时准备发动进攻。忽然，科迪狂吠着朝这条蛇冲了过去，孩子们也猛然惊醒，行动起来。

泰勒一把抓住科迪脖子的后面，把它拎了回来：“科迪，快回来！”

杰克也往后一蹦，差点儿被一束鼠尾草绊倒。然而，再次站直身体后，他看见这条蛇离他近了许多。但过了一会儿，他却往前走了几步。

“杰克，你在做什么啊？”泰勒大喊。

“你能看见蛇的瞳孔吗？”杰克问，他正盯着这条蛇。

“看不见，也不想看见！”泰勒喊道。

这条蛇又发出了咝咝的声音，杰克快进入它的攻击范围了。蛇身上的纹路看起来很眼熟，他仿佛从爸爸的日记中看到过。

“它的瞳孔是圆的。”他告诉弟弟，“在美国，有一种蛇有圆形的瞳孔，而且有毒，那就是珊瑚蛇。但这条蛇看上去一点儿也不像珊瑚蛇。”

“我才不管呢。那东西看起来想杀了我们！”

果然不出所料，这条蛇开始攻击杰克。它展开身体，朝杰克扑了过来。杰克往后一跳，躲了过去，心跳骤然加速。

“喔！好险啊！”泰勒说。

“我想，这条蛇只是害怕了。”杰克说着取下了他的背包。泰勒和科迪往后退时，杰克拿出了爸爸的日记本，开始寻找他见过的那张草图。

“在这儿。”他说。泰勒勉强挪近了一些。杰克指着爸爸的一张素描，画上有一条瘦弱的蛇，身上带了些条纹。

“看上去一样，不是吗？”杰克问弟弟。

泰勒仍然紧紧抓着科迪，他看了看那幅画，又看了看那条蛇，然后再看了看画。“也许吧……”

“瞧，这儿写着，它是一条束带蛇——一种无害蛇类，当地很常见。”

“你是说无害？”

“没错。看它的牙齿多小啊，咬你一口可能你都感觉不到呢。”

“不要啊，谢谢。”泰勒说着，身体放松了下来。

“拉住科迪。”杰克说完，用鞋把这条蛇从路上轻轻地推开了。这条束带蛇又发出咝咝的声音，但没有进攻，只是迅速溜进了草丛里，消失在附近的一块石头下面。蛇消失后，泰勒和杰克瞪着彼此，忽然大笑起来。

“我说，我们真的要多学学啊。”泰勒说。

杰克点点头，但想起之前听说的大灰熊，他忽然变得严肃了许多——下次再遇见野生动物，他们或许就不会这么幸运了。这完全不同于想抓住他们的布尔和社工。这里有野生动物，要躲着走。他们的生命其实危在旦夕。

“我们应该去找点儿防熊喷剂来。”

“科迪会保护我们的。”泰勒说。这只小猎犬正忙着在束带蛇消失不见的地方嗅来嗅去。

“也许吧。”杰克说，但听起来并不肯定。

遭遇过那条蛇，尽管心里仍在为刚才惊险的一幕忐忑不安，杰克、泰勒还是和科迪跳过小溪，沿着小路继续前行。野牛群已经漫游到了他们看不见的地方，但孩子们很快开始担心起一件比野牛群更可怕的事了。虽然下午的阳光已经洒在了山峰后面，但闷热而干燥的空气已经迫使他们喝完了泰勒的水。

“好家伙，真热啊。”泰勒抱怨着，他们正在翻越另一座低矮的山丘。

“对啊。”杰克随声附和，咸咸的汗水刺激着他的眼睛。他已经自责了一百次，竟然忘了给瓶子里装满水。印象中，他从来没有这样口渴过，而泰勒已经落在后面，快要跟不上他了，就连科迪都伸着长长的粉红色的舌头。

泰勒停下脚步，弯着腰，双手撑在膝盖上：“杰克，我觉得不太舒服。”

“怎么了？”杰克走回弟弟身边，蹲下来，看着他的眼睛。

“我的肌肉一直在抽筋，而且肚子也……”

“你觉得想吐是吗？”

泰勒呼吸沉重：“有点儿。”

杰克站了起来——他担心极了。他的小腿肌肉也在痉挛，皮肤还有些发烫。在巴士上，他们就遭遇过几乎断水的危机。但在这里，掘地三尺也找不到任何瓶装水。

“我们要去找水，立刻。”

杰克拿出了他们的地图。他看见有个大湖泊就在前方不到两公里的地方，但不知道泰勒能否走那么远。

他转念一想：“可能我也走不了两公里了。”

就在这时，他听见了呼啦啦的声音，像是一阵风，扭头便看见两只野鸭飞过，距离他们的头顶不到十五米。它们似乎是飞到这里来着陆的。

“来吧，”杰克对弟弟说，“那片树林里可能会有水源。”

泰勒没有说话，只是强迫自己跟着哥哥走。杰克领着泰勒和科迪穿过了大约一公里长的鼠尾草丛。科迪似乎察觉到前方有些什么，一路小跑过去。顺着另外一条小路，他们来到一片棉白杨树林里。再有大约一公里就能到达野鸭着陆的地方，杰克想催促弟弟快些走，话到嘴边却开不了口。于是，他只好对弟弟点了点头。他可以看见泰勒那双绿色的眼睛周围已经有了黑眼圈，暗自担心弟弟还能不能继续往前走。但这个年幼的孩子只是把头发从满是汗水的前额拨开，继续在灼热的空气中艰难跋涉。

三个小伙伴穿过树林，终于来到野鸭们着陆的那片空地。他们看见一圈香蒲草长在一个小池塘的边上，还有两只野鸭。“是绿头鸭。”杰克想。它们原本在觅食，此时停了下来，警惕地看着这些入侵者。杰克看见明媚的阳光照在波光粼粼的水面上，顿时放松下来，只想亲吻脚下的土地。

“水！”泰勒大喊。他扔下背包，来不及脱下衣服便跳进了池塘里。野鸭们慌慌张张地飞走了，而科迪跟在泰勒身后也蹦进了水里。

泰勒大口大口地喝起水来。杰克只能希望，这里的水如果对那些鸟适宜，对他们也应该有益。于是，他也扔下背包，一头扎进了池塘里。

“好冷啊！”他喊了起来。

“没错！这不是很棒吗？”泰勒回答，他像只水獭一样仰躺着游起泳来。科迪开心地跟在他后面拍水。

“别喝太多，泰勒。”杰克又提醒了他一次，“要记住，我们得先把水烧开。”

“水的味道不错呢。”泰勒说着，又喝了一口。

“是的，但不该这样喝——”杰克正想唠叨，却忍不住自己也喝了一大口。

孩子们一直待在池塘里，直到池水冷得有些刺骨了，他们才笑嘻嘻地游上来，趴在了岸上。

“好家伙，感觉真好啊。”泰勒说。

“没错，这话可以再说上一遍。”

“好家伙，感觉真好啊。”

杰克朝他扔了根棍子。孩子们已经感觉好多了，泰勒又恢复了往常的样子，傻萌傻萌的。

“这里是个好地方。”泰勒说，“我们今晚应该就待在这儿。”

杰克看了看池塘和周围的环境。这的确像是一个不错的露营地。茂密的树丛为他们挡住了其他的登山者和喜欢多管闲事的护林员。在树丛下面和周围的灌木丛中，有许多枯死的树枝和木头，可以用来生火。

“好的，”杰克说，“但一会儿就会变冷了，我们赶紧洗洗衣服，晾起来吧。”

泰勒哼唧了一会儿，不过，刚才在池塘里游了一圈之后，他又变得活蹦乱跳了。

“我们把衣服全洗了吧，”杰克对他说，“连身上穿的一起。”

“什么？”泰勒瞪着眼睛，大张着嘴巴，“你想不穿衣服到处走吗？”

杰克叹了一口气，对周围挥了挥手臂：“泰勒，在这里谁会看见我们？”

泰勒左右看了看：“那些野鸭子可能会回来！”

杰克忍不住大笑起来。他脱下内衣，把平角裤扔给了弟弟：“只管洗吧。”

“哦，好极了。”泰勒嘟哝道，“现在我还得帮你洗臭臭的旧内衣了。”但他仍然把所有的衣服都集中在一起，动手洗了起来。

趁泰勒洗衣服，杰克开始考虑生一堆火。他从背包里拿出爸爸的日记本，想看看能发现什么。

日记草图中画了一些小树枝搭在一根木头或一块石头上，上面再用越来越大的树枝在前后横竖架起来，形成一个粗糙的坡面格子栅栏。另一条笔记中写道：“在这下面放上纸。”还有个箭头指着栅栏的底部。

泰勒把滴着水的衣服挂在旁边几棵小棉白杨的低枝上时，杰克收集了一堆长度不一、粗细各异的木棍回来。然后，他小心翼翼地把这些木棍搭在一根不大不小的棉白杨木头上。他找不到纸来引火，却找到了许多干枯的棉白杨树叶。

“这些应该能烧得起来。”他自言自语。

泰勒晾好衣服之后走了过来。两个孩子已经全然忘了自己什么都没穿。

“你在做什么？”泰勒问。

“正在生火呢，”杰克说，“去把火柴拿来，好吗？”

“行，火柴在哪儿？”

杰克看着他：“真有意思。不是在你的背包里嘛。”

泰勒摇摇头：“我没带火柴啊。你带了吗？”

杰克唉声叹气：“你不是说真的吧？我还以为……”

“以为什么？”

“算了。”

“也许我们可以拿两根棍子互相摩擦，”泰勒建议，“或者用斧头，像《手斧男孩》电影里那样？”

“我们没有斧头。”

“但我们有小刀。”

杰克耸耸肩：“可以试一试。”

他找出小刀，又捡了两块形状不同的石头，然后把刀锋在石头上狠狠地磨了几下，但什么都没有发生。

“来，让我试试。”泰勒说。他努力地摆弄着这把小刀，想弄点儿火星出来。

“我们这样只会把刀刃弄坏。”杰克最后说道。

“那我们试试用木棍吧。”

杰克可以肯定那也没用，却还是对弟弟说："随你的便吧。"

这时候，冷空气开始从积雪的山峰上吹下来。幸运的是，他们的衣服差不多已经干了，于是，孩子们又穿上了衣服。杰克拿出了一罐酱汁意大利面，把罐头盖儿打开。

"火生起来了吗？"杰克问。

泰勒一脸不开心地扔掉了棍子。"连火星都没看到。"他一边说，一边走回了杰克身边。

"喏，晚餐做好了。"

孩子们坐在地上，来回递着那罐意大利面，还分了一点儿给科迪。他们吃完还是很饿，于是，决定再开一罐，但很快又狼吞虎咽地吃完了。

"好家伙，我可以一口气吃掉十罐。"泰勒说。此时，最后一线夕阳的光已渐渐从群山上消失。

"我也是。要不，我们把最后那些花生酱夹心饼也吃了吧？"

泰勒满脸喜悦："好啊！我都忘了，我们还有那些吃的！"

他们打开包装袋，发现饼里的夹心糖在一次次地融化又凝固之后，已经变得像一堆小球状的麋鹿粪便了。但杰克和泰勒一点儿也不在乎。

“好家伙，这是我吃过的最好吃的甜点。”泰勒赞叹道。

“是啊。”杰克嘟哝着说。

他们正舔着手指，又一阵冷风吹了过来，杰克不由得想到了即将到来的夜晚。

“天快黑了。我们得铺张床什么的。”

“就用那些树叶怎么样？像爸爸写在日记里的那样。”

杰克点点头。两个孩子一起在附近的一棵树下挖了个浅浅的坑。他们先在坑里铺上了一些叶子，又在旁边堆了一些。等他们终于铺好时，温度已经骤然下降，于是，他们穿上了包里带的所有衣服。

孩子们在树叶床上躺下，又把另一堆叶子盖在身上。科迪依偎在他们中间，在这张临时搭出来的床上给自己找了个位置。孩子们把头枕在背包上，视线穿过层层棉白杨树枝，看见星星一颗接着一颗从天空中冒了出来。

“感觉还不错。”杰克轻叹道。

“虽然这些树叶挠在身上有点痒痒，但比回到匹兹堡和布尔待在一起强多了，这是确定、一定以及肯定的事。”泰勒表示同意。

吃饱喝足之后，孩子们和科迪相互依偎着取暖，他们倾听着蛙鸣声，也听见一只猫头鹰在咕咕地叫。离开匹兹堡后，杰克还是第一次感觉如此轻松，庆幸自己一路的冒险经历。这是几周以来的第一次，他在沉入梦乡时，嘴角还挂着一个微笑。

第十三章

树叶小窝给了他们温暖——虽然只是一小会儿。

两个小时后，杰克哆嗦着醒了过来。他挪动身体靠近泰勒和科迪，虽然他俩在扭来扭去地取暖，但无论尝试什么姿势，杰克总有一侧身体会暴露在寒冷的空气中。破晓时分，一个新的问题又来了——嗡嗡的蚊子。即便杰克把棉大衣的兜帽拉着盖住脑袋，这些讨厌的蚊子还是想方设法地找到了他裸露在外的皮肤，没过一会儿，他就感觉脸上和脖子上有十多个被叮肿了的地方。

一会儿拍蚊子，一会儿取暖，折腾了大半夜，杰克终于投降了，他爬出了那张树叶铺成的床。杰克站起来时，科迪只是看了看他，然后又心满意足地继续蜷缩在泰勒身边。

“说什么人类最好的朋友，唉，都是骗人的。”杰克对科迪碎碎念。

杰克到池塘边喝了点水，然后开始在岸上四处走走看看。成群的蚊子仍然跟在他身后，他真希望之前放了些驱虫剂之类的东西在包里。他想起去年在夏令营中和泰勒学到的一个法子——把泥抹在暴露的皮肤上。“也许待会儿我们可以试一试。”他想，“我们现在需要的，是个可以遮风避雨的地方。”

那张树叶床比他们之前去芝加哥搭乘的货运车厢要好些，但也没好太多。他沿着岸边一路走去，走着走着，忽然停了下来。在大约九十米外的地方，有一座用木棍和泥土搭起来的河堤耸立在水面上，大小约等于他们登山时常用的那种帐篷，尽管这样的木棍建筑杰克以前从未亲眼见过，但他立刻就认了出来。

“河狸的小屋！”他惊叹起来。

杰克在岸边坐下，希望能看见一只河狸探出脑袋来。不幸的是，河狸们始终躲在看不见的地方，但杰克还是很开心，因为他看见了一对尖嘴的红头野鸭在池塘里游泳，身后带着它们的鸭宝宝。他静静地坐在那里，看见一只青蛙从岸旁的水草间露出脑袋，还有一只飞禽，敛着双翼，迅速俯冲过水面。

“那肯定是猎鹰。”杰克暗想，“它正在觅食呢。”

一想到吃的，杰克的肚子就咕咕叫了起来。于是，他站起身，匆匆走回营地。他看见泰勒和科迪正在背包里翻找。

“里面还有吃的吗？”他问。

“我也在找呢，”泰勒说，“还有点奶酪，但我觉得已经坏了吧。”

“那还有奇多薯条吗？”

泰勒看了他一眼：“好像我们把吃的放错了地方。我只找到了两包果酱吐司饼干。”

他拿出一包递给杰克。两人一起坐着吃早餐。每个小包装袋里都装了两块肉桂味的甜点，孩子们一口便吃掉了一个，速度快得来不及等你说完“狼吞虎咽”这个词。

“每顿饭都是一顿大餐。”泰勒说。

杰克看着他，两人都哈哈大笑起来。杰克不经意想起了沙伦，一丝负罪感油然而生。

“我们就那样离开了沙伦，总觉得有点过意不去。”杰克说出了心里话，他把手里剩下的半块点心给了科迪，“她为我们做了很多。”

泰勒也把吃的给了科迪，然后说：“也许等我们找到了爸爸，可以送点什么东西给她吧，就送到旅行者客栈——她会在那儿待很长时间。”

“送什么呢？”

“我不知道。一件礼物呗，她似乎喜欢T恤衫。”

“好主意！”杰克说，“但首先，我们得想想今天要做些什么。”

“这里不错。你觉得我们就待在这里怎么样？”

杰克摇摇头：“这里太多蚊子了，而且，我们越快找到爸爸越好。”

“唉，我好饿呀。”

“嗯，我也是。我从来没想过有一天会怀念起学校的懒人汉堡呢。”

泰勒咯咯地笑了：“也许我们可以抓几条鱼。你觉得这水里会有鱼吗？”

“嗯，应该有吧，但我觉得，我们得继续往前走。爸爸说要抛下灵感，对吗？从地图上看，灵感台就在前面三公里的地方。也许我们会在那里找到另一个线索——还有一个更好的露营地。”

泰勒挥手驱散了一团在他脸庞周围嗡嗡飞的蚊子，说：“那我们还等什么呢？”

孩子们立刻收拾好背包出发了。尽管此时太阳已经爬上了地平线，但杰克估计，时间大概只是早晨七点。孩子们和科迪沿着小径前行，不一会儿便走到了珍妮湖的南端。他们在湖岸边停了下来，打开地图看。

“地图显示，那边有个访客中心。”泰勒指着这座湖的东边说，“也许我们可以在那儿找到点吃的，还可以弄张更清楚的公园游览图。”

杰克皱了皱眉：“没错，但如果人们正在找我们该怎么办？”

“那样的话，我们可以像之前那样。”泰勒说，“我和科迪在外面躲着，你进去看看。”

杰克知道这样做很有风险——但如果不这样，他们可能会饿死或在荒野中迷路。

“好的，”他说，“就这么办吧。”他吐了口唾沫在手上，擦掉了脸上的尘土，尽量让自己看起来整洁一点儿。他不知道这样能不能行。

珍妮湖的访客中心就在不到一公里远的地方，当杰克装得像个普通游客一样走进去时，那里才刚刚开门。他不经意地拿起一张公园导游图，并打开看了看。这张地图比他们的那张详细得多，但他还想找找去年在夏令营时学会用的一些东西。

“你想买些什么？”一个四十多岁的男人问。他戴着一顶宽檐的护林员帽，还戴着一个金色的工牌，上面写着“皮特·加西亚”。

“哦，是的。”杰克说，“我，那个，爸妈让我来看看你们这儿有没有，那个，这里的地形图。”

“你们打算去人迹罕至的地方吗？”护林员加西亚问。

“哦，这次不去，但明年什么时候也许会去。”

加西亚笑了笑：“听你这么说真让人高兴。有那么多人开着房车或小轿车就进去了，根本没有花时间先看看这个地方的情况。”

杰克也对他笑了笑：“唉，我还是希望我们今年有时间能去看看。”

加西亚走到一个小柜子旁边，拿出一张大地图，递到杰克面前。“这是我们最大比例的地图，”加西亚说。“应该可以给你们提供一些详细信息……”他停了下来，歪着头打量了一下杰克，似乎想起了什么，但又摇摇头，继续说道，“呃，如果你还想知道更多的话，可以去森林服务办问问，就在离这里不远的杰克逊霍尔镇。”

“那太好了，谢谢你。”杰克心存疑惑地看着他说。

“太奇怪了。”他一边想着，一边走到了休息室，打开水龙头，豪饮了一会儿，然后把水瓶装满。然而，当他回到走廊上时，他忽然就想明白了，一种恐惧的感觉占据了他的心。在走廊的公告板上，他看见贴着一张告示，告示的内容让他忍不住心跳加速，上面写着：“你见过这两个男孩吗？”标题下附了一张泰勒和杰克从大提顿长途汽车站逃跑的照片。

杰克倒吸了一口凉气。他必须迅速离开这里。杰克从公告板上一把扯下传单，塞进了自己的口袋里，然后开始横穿访客中心的休息室。他祈祷加西亚不会注意到他溜出去了，但并没有起作用。

“嘿！你等等！”加西亚显然看出了一点儿什么，“你不就是——”

杰克没有给这位护林员想明白的机会。他冲到外面，朝弟弟和科迪跑去。

“你买到地图了吗？”泰勒问。

“买到了，但我们必须离开这里，立刻。”杰克说。

“买了吃的吗？”

“快走！”

孩子们狂奔起来，冲进了最近的树林里以掩藏行踪。

他们绕回了珍妮湖的南端，然后沿着小径往西岸走了大约两公里，来到了灵感台，两个人都走得大汗淋漓。中途休息时，杰克给泰勒讲了他刚才看到的一切。现在的情况已经很清楚了，他们必须格外小心，因为人们正在寻找他们。

当靠近灵感台时，他们发现那其实只是湖中间冒出来的一小块陆地。附近有个码头，那里的船只可以把背包客们从护林站运送到一个直达大提顿山最深处的登山口。孩子们再次停下脚步，把爸爸寄给他们的那封信和素描仔细研究了一番——杰克显得尤其紧张，他不停地环顾四周，看是否有人发现了他们的行踪。

“唉，我好饿呀，”泰勒抱怨起来，“我们还有吃的吗？”

杰克摇摇头：“我也希望有。”

“难道就不能找个商店，随便买点什么吗？”

“你还不明白吗，泰勒？”杰克有些沮丧地打断了他的话，“情况很严重。已经有很多人看见我们了。如果再暴露几次的话，肯定会有人认出我们来。现在不是想着吃东西的时候！”

“也许吧……”泰勒同意。

“不是也许，泰勒，是肯定。”杰克回答，“我们必须赶在别人前面，只要走错一步，我们就完了。如果走错一步，我们就只能忘记寻找爸爸这件事了……永远地忘记了！”